YUCATÁN SANGRIENTA

D.V. BERKOM

TRADUCIDO

Traducido por María Paula Estévez

1

EL OLOR A PODRIDO salió del colchón, cuando me moví para sentarme. Me quedé sin aliento por el dolor agudo que sentí en todo el cuerpo. Me toqué el torso, para ver si tenía heridas.

Bien, no había sangre.

La tenue luz grisácea que entraba por una ventana alta, protegida por barrotes de metal, iluminaba las paredes compactas de mi prisión. El olor a encierro dio paso a un tufillo a moho y humedad, y eso me hizo pensar en un viejo sótano inundado. Los matones que me trajeron aquí tenían la cara cubierta con máscaras y olían a cerveza rancia y ajo, un aroma familiar no muy grato.

A juzgar por lo que vi en el corto trayecto en el camión de carga hasta el descomunal edificio de concreto, yo estaba en algún lugar en el trópico. Había plantas trepadoras y parras que subían por las palmeras, ahogándolas. El aire destilaba humedad.

¿Cómo mierda viniste a parar aquí, Kate? Yo estaba familiarizada con los secuestros, pero hacía rato que no había sido

víctima de ninguno. Atontada por las drogas y por un vuelo que me hizo vomitar, atada en la parte trasera de un Cessna, se me vinieron a la mente imágenes de una mujer rubia de pelo corto, con unos ojos verdes que me resultaban conocidos. Cansada y desorientada, no podía retener las imágenes para recordar su nombre.

Eso no detuvo el pánico incipiente que me subió por la garganta.

Unos pasos despejaron la niebla que sentía en el cerebro, y una cucaracha curiosa que había estado observando desapareció por un agujero entre los ladrillos. Deseé poder hacerme tan pequeña como ella y seguirla, pero parece que mi hada madrina se había tomado el día libre.

No es que ella hubiera servido de mucha ayuda. Mierda, si cambiar mi nombre, la dirección, la rutina diaria y el color del pelo no me habían hecho desaparecer, entonces nada lo haría.

El sonido de una llave en la cerradura se sintió en toda la habitación. Las bisagras de la puerta crujieron y me puse tensa, esperando a ver quién o qué aparecería, intentando luchar contra el miedo que me hacía correr escalofríos por la espalda. Intenté respirar hondo, pero no pude.

Qué molesto es hiperventilar.

La luz del sol inundó la habitación al entrar la silueta de un hombre.

—Vámonos.

La palabra fue más bien un gruñido, lo que coincidía con el hombre que la pronunció. De estatura baja, con el ceño fruncido y sin cuello, no parecía el director de un centro vacacional.

Sin embargo, el fusil AK-47 que tenía en las manos era inconfundible.

Rodé en la cama y fui rengueando hasta la puerta. El tratamiento rudo que había recibido cuando me trajeron hasta dondequiera que estaba ahora no había ayudado con mi tratamiento de belleza. El viaje en el avión de carga no había sido precisamente sobre almohadones, que me hubieran servido en la mitad del vuelo, cuando se sintió mucha turbulencia. Podría haber utilizado una bolsa para vomitar, pero por supuesto, no había. Los secuestradores no eran precisamente conocidos por una dedicada atención al cliente.

A juzgar por el sonido de los pájaros y la falta de mosquitos, debía ser temprano por la mañana. A pesar de que el aire húmedo me pegaba la ropa al cuerpo, el calor del día todavía no había desplazado la relativa frescura. Pasamos por un sendero de gravilla, sin hablar. El paisaje estaba salpicado de palmeras intercaladas con plantas tropicales que trepaban sin control. El chillido de un mono aullador cortó el aire. Por entre la vegetación aparecieron un par de edificios bajos de techo de tejas rojas.

El sendero dio una curva y pasamos a un camino de concreto con palmeras en macetas de terracota, que conducía a una enorme hacienda de estilo español. Era del tipo de edificio colonial antiguo al que el actual ocupante había decidido reciclar, sin importar si era un templo sagrado o un antiguo mercado. La enorme galería recorría todo el frente de la hacienda. Escalones de mármol blanco brillante llevaban a la entrada abierta flanqueada por dos candelabros de hierro. Cada tanto, una cámara de seguridad decoraba el techo.

Evidentemente, era la casa de una familia rica y paranoica. A juzgar por el español que hablaba mi guardián y por la vegetación, estábamos en algún lugar de América Latina. El corazón se me subió a la garganta, matando cualquier posibilidad de actitud positiva que yo venía manejando. Hubiera preferido pasar un invierno en Siberia.

—Muévete.

El charlatán de mi guarda me empujó por los escalones con

su arma, y yo obedecí, con las manos frías y sudadas y el corazón latiéndome de manera descontrolada. Me preguntaba cuánto tiempo había estado inconsciente por las drogas. Por el sabor que sentía en la boca y la sensación de vacío en el estómago, parecía que había sido bastante.

Llegamos al final de los escalones y continuamos por un pasadizo hasta un escritorio tallado con mucha decoración y una silla haciendo juego. Sobre el escritorio había una computadora, un teléfono y una radio. Había muchas más cámaras de seguridad sobre los ladrillos de las paredes, en posiciones estratégicas.

—Alto —dijo entre dientes, mientras chequeaba el micrófono—. Estamos aquí —gruñó en la radio.

Esperamos en silencio. Su respiración áspera, que sonaba demasiado fuerte contra los desgastados ladrillos blancos de las paredes de la terraza, aumentó mi nerviosismo. Una mosca me revoloteó por la cara, intentado aterrizar; yo la espanté. El guardia se puso tenso y acomodó su arma.

Decidí evitar los movimientos bruscos.

La radio chisporroteó y una voz nos ordenó avanzar. El guarda me empujó hacia la derecha, y bajamos otra serie de escalones que llevaban a un patio interno rodeado por una pasarela. En un rincón había una fuente de tres niveles flanqueada por palmeras y mucha vegetación verde. Dos pavos reales andaban por ahí, buscando insectos en la tierra. Loros y cacatúas hacían un escándalo que retumbaba en el patio y se perdía en la densa jungla que nos rodeaba.

Doblamos a la derecha por la pasarela y continuamos hasta que llegamos a otra sección de la enorme casa, que sobresalía como la pata corta de una "L". Las puertas francesas, enmarcadas por enormes ventanales y un denso follaje, reflejaron nuestras imágenes cuando nos acercamos, y eso hacía difícil ver hacia adentro. Un guardia armado vestido con ropa militar de fajina estaba a un lado. Los ojos se posaron en mí por un segundo. Nos detuvimos y esperamos.

Recuerdos de unos días atrás se me vinieron todos juntos a la mente, como en una catarata, en ese preciso momento.

Cole.

2

———

U*na semana antes...*

—¿TE GUSTARÍA comer sushi? —preguntó el alguacil Cole Anderson, mientras abría la puerta del acompañante de su SUV y me hacía señas para que subiera.

La sonrisa de Cole me derretía. Me encantaba ver los hoyuelos que se le hacían en las mejillas y sus ojos azules, y con eso lograba que yo hiciera todo lo que me pedía.

—Claro. ¿Podemos pasar por mi casa así me cambio primero?

—Por supuesto —Cole me tomó de la cintura y se inclinó para besarme el cuello—. Siempre y cuando te pongas esa ropa interior sexy que me gusta tanto...

Nos detuvimos en mi cabaña y me puse la lencería en cuestión, una camisa limpia, otros tejanos y mis botas favoritas. Las noches todavía eran frías aquí, en el norte de Arizona, a pesar de que la primavera había empezado y los días eran más largos.

Me había mudado de la casilla rodante Airstream, que estaba cerca del río HoHoKam, a esta cabaña, luego del incidente con el banquero psicótico, la primavera anterior. Cole y Art, mi jefe, insistieron en que me mudara más cerca de la ciudad, donde Cole podría vigilarme. Yo accedí a mudarme siempre que pudiera estar cerca del río. No es que no me gustara la pequeña ciudad de Durm, sino que prefería vivir alejada de la civilización, con una vista de 360 grados. Cole me encontró la cabaña, una bien construida, y estaba por instalar un sistema de seguridad. No porque el mismo hombre fuera a venir a buscarme otra vez. Era más bien una forma de prevención, por mis transgresiones del pasado.

Todavía había un par de personas que querían verme muerta.

Durm tenía un local de sushi que llevaba su nombre, administrado por un reconocido chef llamado Bob Yamaguchi. A diario recibía pescado, y lo que no usaba lo donaba al banco de comida local para alimentar a los sin techo. Los dos nos sentamos en un taburete en la barra y elegimos mirar el show.

—Bienvenido, alguacil —dijo Bob a Cole, dándole la mano. Se volvió hacia mí e hizo una reverencia—. Señorita Kate. Se los ve radiantes esta noche. Es un honor tenerlos aquí.

Bob siempre tenía una sonrisa dibujada en el rostro y un chiste irónico para compartir con sus clientes. Le encantaba cuando Cole iba porque probaba cualquier cosa que le sugería. Una vez, persuadió a Cole a que comiera pez fugu, que puede ser venenoso, acompañado por *uni*, o huevos de puercoespín de mar. El fugu no estaba malo, según Cole, pero los huevos de puercoespín no le gustaron. Yo generalmente elijo aleta de atún amarillo y *unagi* (anguila de agua dulce), con huevos de pez volador. Nunca sentí la necesidad de comer veneno. Digamos que tenía recuerdos que no quería repetir.

Hice mi pedido a Bob por el mostrador de vidrio. Cole todavía no se había decidido, y entonces sonó mi teléfono móvil. Me excusé y fui cerca de los baños para contestar.

—¿Kate? Soy Luis Gonzales, ¿cómo estás?

Luis Gonzales era mi contacto en la DEA. Se había convertido en mi lazo salvavidas después de que yo testificara en los juicios de dos poderosos señores de la droga, unos diez años atrás. Noticias de Luis no podían ser buenas. Respiré hondo y contesté.

—Muy bien, Luis. ¿En qué puedo ayudarte?

—Un amigo tuyo de Alaska está tratando de contactarte. Habló conmigo desde la oficina de la DEA en Anchorage. ¿Sam Akiaq?

Mi cara enrojeció y el corazón me latió enloquecido. Me incliné, puse las manos sobre las rodillas e intenté respirar.

Sam.

—¿Kate? Kate, ¿estás allí?

La lejana voz de Luis apenas pudo frenar los recuerdos, que me daban vueltas como un remolino en el cerebro. Me recuperé lo suficiente para apoyarme en la pared y contestar.

—Sí. Perdón. Estoy aquí.

—¿Entonces, lo conoces?

—Le asignaron protegerme después de que ese investigador privado fuera asesinado en Quilete.

—Me parecía que el nombre era conocido. Es el hombre que recibió un balazo durante el tiroteo y terminó en terapia intensiva, ¿no?

—Exacto. —Una razón más por la cual yo no debía entablar relaciones. Miré a Cole, que hablaba de manera amistosa con Bob, y sentí que se me estrujaba el corazón.

—De todos modos, Sam preguntó por tu información de contacto. Le dije que primero tenía que preguntarte.

Ya habían pasado unos cinco años desde que había estado en Alaska. Fui a la pequeña ciudad de Quilete cuando toda la mierda se desató en México, con la esperanza de que no me encontraran en ese enorme estado. Demás está decir, mi plan no había sido bueno. A pesar de su tamaño, Alaska es esencialmente una ciudad pequeña. Un asesino me había rastreado a través de un investigador privado. Y había perdido la vida en el intento.

Sam y yo sentimos una atracción intensa durante el corto tiempo que pasamos juntos, y eso me seguía repitiendo a mí misma. Una atracción. Él casi muere en el tiroteo, y yo prometí no volver a relacionarme con nadie, porque sabía que las personas que me perseguían estaban vivas y matarían a cualquiera que se les cruzara en el camino.

Y entonces, conocí a Cole.

Como no contesté en seguida, Luis siguió.

—No tienes por qué estar de acuerdo. Me dijo que tal vez tú dudarías. Dijo que si dudabas, yo tendría que darte un mensaje —hizo una pausa—. No me gusta, Kate.

El estómago se me contrajo como anticipando un golpe. —Dime.

Luis suspiró. —Angie salió, y se dice que viene a terminar el trabajo.

Angie McKenna, más conocida como "la Zorra Roja", era la asesina contratada por mi ex, Roberto Salazar, para matarme.

—¿Cómo mierda salió? —no pensé que Alaska liberaría a una conocida asesina tan pronto—. ¿Consiguió que la soltaran por buena conducta o algo así? —Yo no podía ocultar el sarcasmo.

—Evidentemente, desde que fue enviada a prisión su reputación ha crecido como la asesina a quien acudir entre las organizaciones del hampa. Parece que alguien relacionado con *El Castillo* la sacó de prisión. Alguien empezó una revuelta y ella desapareció en la confusión.

—Debe haber tenido un buen publicista —dije, no tan temeraria como Luis habrá pensado.

No hay un sentimiento peor que el darte cuenta de que todo lo que has hecho para intentar vivir una vida normal ha fallado, y que seguiría fallando, si la cabeza continuaba pegada a la serpiente. En este caso, había dos cabezas: Salazar y su antiguo jefe, Vincent Anaya, con el que había tenido la desagradable oportunidad de cruzarme en un crucero por el Caribe unos pocos meses antes. Cole y yo habíamos tenido suerte de escapar con vida.

Por desgracia, Anaya también.

La inutilidad de estar siempre escapando me revolvía el estómago, y me agarraba con uñas y dientes a la relativa seguridad que había sentido cuando viví en la pequeña ciudad de Durm, en Arizona. Tenía que pelear para vencer el sentimiento de desesperanza que me invadía.

Estaba condenadamente cansada.

Cansada de mirar por sobre el hombro, tratando de andar con un perfil bajo, para no poner a nadie en peligro. Cansada de intentar mantenerme alejada y de no atarme a nadie.

Eso se fue por la ventana, junto con Cole.

Ellos van a ganar, me susurró mi mente.

Ahora, se había vuelto algo personal. Me había escabullido de ellos demasiadas veces. Especialmente de Salazar. Su reputación de inclemente y cruel era legendaria, y él Nunca. Jamás. Perdía.

Además, yo dudaba de que lo que había quedado del dinero de las drogas que yo había robado y enterrado en México, en la casa de un extraño, muchos años atrás, estuviera allí todavía. Y me imaginaba que los cárteles de la droga no aceptaban pagos en cuotas.

Retuve un poco el aire y luego lo solté, con la intención de pensar en un plan. Había tomado algunos cursos de defensa personal y estaba estudiando Krav Maga en el gimnasio local, pero eso y mi Glock 9 mm eran como un mosquito persiguiendo a un pterodáctilo con un arma.

Entonces, me di cuenta.

—¿No es *El Castillo* el cártel que absorbió la operación de Salazar?

—El mismo.

—Por Dios, Luis. Voy a tener que llamarte después. —Toqué el botón de fin de la llamada y volé al baño. Apenas llegué a tiempo para lanzar todo lo que había comido antes. Cuando la oleada de náusea pasó, me recosté contra la pared con los ojos cerrados e intenté controlar la respiración.

Era gracioso cómo sonaba, parecía que más bien sollozaba.

La puerta se abrió y entró una mujer. En cuanto me vio, su sonrisa desapareció.

—¿Estás bien, dulce? —preguntó, poniéndome una mano en el hombro, con cara de preocupación.

Sacudí la cabeza y me sequé las lágrimas que me corrían por las mejillas.

—Peor no puedo estar.

3

____

MI **PRIMERA REACCIÓN** había sido empacar e irme. Cole me convenció de que no lo hiciera e insistió para que me quedara en su casa. Yo me negué. No iba a ponerlo ni a él ni a sus niñas en peligro. No solo estaba enamorada de él, sino que estaba muy apegada a sus hijas: Lauren, de diez años y Abby, de seis. Eran dos niñas muy dulces, muy diferentes de su inflexible madre, Lorna, la exesposa de Cole. Gracias a Dios, ella vivía bien lejos, en Scottsdale, y no venía a Durm muy seguido.

Decidí quedarme en la cabaña, pero el colapso nervioso del miércoles hubiera sido una pobre descripción de cómo me sentía. Estar esperando a que alguien venga a matarte no es una manera divertida de pasarte la vida.

La espera me trajo recuerdos de Salazar. Mi humor se vino abajo cuando recordé lo feliz y estúpida que había sido al principio. Al comienzo, él había mantenido los negocios del cártel al margen de nuestra vida de pareja, y yo había vivido feliz e ignorante, disfrutando de la vida que implicaba ser la novia de un hombre poderoso. Al final, la horrible verdad fue demasiado evidente para negarla. Para entonces, me había convertido en su prisionera.

Un error estúpido y una tiene que pagar por eso el resto de su vida.

Cuando no tropezaba con recuerdos de México, me asaltaban pensamientos sobre Sam. Yo me seguía repitiendo que no sentía nada por él, pero era mentira. Menos mal que no le había dicho a Luis que le diera mi información de contacto. No confiaba en mí misma. Me llevó cinco largos años superar lo sucedido en Alaska y a Sam, y mi relación con él fue lo más difícil de superar.

Mentira. No lo había superado exactamente, ¿no?

Mi último contacto con él había sido por teléfono, una noche en que yo me había enterado de que él le había pedido a un amigo que me vigilara en Oahu, otro lugar al que había escapado después de México, porque no sabía a dónde ir.

Alguien a quien conocía y en quien confiaba había intentado terminar con mi vida, y el amigo de Sam le había disparado y lo había matado. Llamé a Sam para agradecerle, y hablamos largo y tendido esa noche. Al cortar, supe que nunca podría volver a verlo ni hablar con él. Sería demasiado peligroso: para él, físicamente; para mí, emocionalmente. Hasta que no me deshiciera de los malos espíritus que el viejo chamán de México me dijo que me seguían, nadie a quien yo amara estaría a salvo.

Y eso me trajo a Cole. Cada vez que yo mencionaba mi pasado, Cole decía que él iba a estar bien, que podía cuidarse. Él era el alguacil del condado y sabía qué hacer, que no tenía por qué preocuparme. Pero yo me preocupaba.

No había ayudado a Sam.

Para mantenerlas alejadas del peligro, Cole mandó a sus hijas a la casa de su madre, y se quedaba conmigo a la noche. Una noche, después de cenar, se sentó junto a mí en el sillón, frente al fuego. Yo me relajé en sus brazos; tomamos vino y hablamos. Una cosa llevó a la otra, y al rato estábamos en la alfombra frente al fuego, y él me besaba los labios, bajaba por el cuello, seguía por los pechos y volvía a subir. Al principio, respondí a su pasión y lo besé también, pero no pude evitar pensar en Angie y Sam y en el escenario sangriento en la autopista de Alaska, seis años atrás, y esos pensamientos extinguieron las llamas que se habían encendido entre nosotros. Incapaz de sostener el deseo, me aparté, me deslicé por el suelo y me recosté en el sillón. Los ojos de Cole reflejaron su preocupación.

—Háblame, Kate.

—Está sucediendo de nuevo.

—¿Qué cosa?

—Juré que no iba a volver a poner a nadie que me importara en peligro otra vez —sostuve su mirada—. Y ahora, tú estás en peligro.

Cole empezó a protestar, pero levanté la mano y se quedó callado.

—Mandaste a Abby y a Lauren con su madre, Cole. ¿Me vas a decir que no crees que estés en peligro? Lo sabes y yo lo sé, y mientras Salazar y Anaya estén vivos, siempre va a ser así.

Cole inhaló profundo y exhaló. —Yo sabía de los riesgos cuando me contaste de tu pasado, y todavía estoy aquí.

—Que entiendas los riesgos es una cosa, y la realidad que representan es otra. Tú lo sabes.

Miró hacia otro lado y suspiró. —Nada de lo que diga te va a hacer entender que estoy dispuesto a poner en riesgo mi vida para mantenerte a salvo. Sí, envié a las niñas con su madre, pero lo haría sin importar el tipo de amenaza con el que me enfrento. Yo represento la ley; todos los días enfrento riesgos.

—Me doy cuenta. Pero esta amenaza es por mi culpa. Puedo hacer que desaparezca con solo irme.

Él cerró los ojos por un momento y luego los abrió. Había

dolor en su mirada. —¿Mis sentimientos no cuentan para nada en esto?

Fui hasta él y tomé su cara en mis manos. —Tus sentimientos son todo para mí, Cole. —El corazón se me estrujó cuando vi la pena que tenía reflejada en su rostro. Tal vez él tenía razón. Me había dejado crecer el pelo y lo había teñido de otro color. Eso, junto con el cambio de nombre y de dirección tenía que confundir a Angie lo suficiente para permitirme escapar antes de que algo malo sucediera.

Al menos, eso esperaba.

—Improvisemos, ¿está bien? Si las cosas se ponen muy difíciles, me voy. ¿Trato hecho?

—Trato hecho.

Dos días después, mi impaciencia y mi paranoia me vencieron y decidí salir de la cabaña para ir al bar local. Llamé a Cole para decirle a dónde iba y le pedí que me encontrara allí para almorzar. Pensaba que, como era un lugar público, sería seguro. Además, me había estado enloqueciendo sentada en mi diminuta cabaña, y había intentado distraerme trabajando como guía para los tours en jeep de Hard Rock Country.

Entré en el bar, *Blue Iguana*, y me recibió un video de You Tube de Van Halen, titulado *Termina lo que empezaste*, que se veía en un televisor que había en el rincón. Crisco, el dueño, me saludó con la mano, con su peinado ochentoso que hacía juego con los texanos gastados y la chaqueta abierta hasta el ombligo con la inscripción de Solo Miembros. Pedí una cerveza y miré los dientes blancos brillantes de Sammy Hagar y el torso desnudo de Eddie Van Halen, ambos buscando la cámara, con un par de fans estilo Madonna que clamaban atención en el fondo. No es que no me gustara la canción. La guitarra de Eddie y la voz de Sammy eran suficientes para perdonarles el tonto exhibicionismo de estrellas de rock. Además, eran los ochenta.

Al menos, lo eran en el bar *Blue Iguana*.

Yo había terminado la mitad de mi cerveza cuando entró Cole, muy serio.

—¿Qué sucede?

Un movimiento involuntario le movió la mejilla.

—Toma tu cartera; tenemos que irnos. —Extrajo la billetera de su bolsillo.

—Entendido. —Arrojé dinero sobre el mostrador para pagar la cerveza, con mano temblorosa, y lo seguí afuera. Me puse el abrigo y me apuré para alcanzarlo.

—¿Qué sucede? ¿A dónde vamos?

Cole se detuvo en seco y abrió la puerta, esperando que yo entrara.

—Me llamó Luis, porque no pudo encontrarte.

Yo tomé la cartera del suelo y busqué mi teléfono, pero no lo encontré.

—Se me debe haber caído del bolsillo cuando venía para aquí. ¿Qué dijo Luis?

—Tiene un contacto en Flagstaff que dice que arrestaron a un hombre por posesión, y que ofreció información para hacer un trato. Dijo que conoció una mujer que era asesina a sueldo. La descripción coincide con la de Angie: acento sureño, alta, delgada, ojos verdes. Lo único diferente es que era rubia, no pelirroja.

—Mierda.

—Sí —Cole cerró mi puerta, pasó al lado del conductor y se sentó—. Te llevo a la cabaña para que recojas tus cosas.

Salimos del estacionamiento y nos dirigimos a mi casa.

—¿Qué voy a hacer? No puedo ir a tu casa, y mierda si puedo quedarme en un hotel de la zona. —Angie era muy buena para encontrar personas que se registraban con nombres falsos.

Además, si Vincent Anaya sabía en qué ciudad vivía yo, y él hizo alusión al respecto la última vez que lo había visto, no iba a ser difícil para alguien de *El Castillo* encontrar la información, a cualquier precio.

Especialmente, para Roberto Salazar.

—Voy a llevarte a una casa segura que preparó Luis. Te quedarás allí hasta que...

—No, no voy.

—Kate, no hay otra...

—¿Sabes lo que pasó la última vez que me quedé en una de esas casas llamadas seguras? Alguien la voló. Murió gente. Luis lo sabe —sacudí la cabeza y me crucé de brazos—. No, no voy a ninguna casa segura. Sería como pintar un enorme toro rojo en la puerta.

Intenté calmar mi respiración, pero hiperventilar parecía más apropiado. Tenía que irme; otra vez. Nunca iba a dejar de mudarme. Cole estaba en peligro, y ni hablar de todos los que me conocían en la ciudad. El corazón me empezó a latir con violencia, y me di cuenta de que me estaba por dar un ataque de pánico. Una técnica que Sam me había enseñado en Alaska para acallar las voces de mi cabeza me vino a la mente. Calmarme parecía algo imposible, pero quería intentarlo.

—Kate... —empezó a decir Cole, pero lo corté en seco.

—Dame un segundo. —Cerré los ojos y en silencio recité lo que Sam me había enseñado, en el orden exacto, respirando por la nariz y exhalando por la boca. Al cabo de un par de minutos, mi corazón empezó a calmarse y los irritantes puntos rojos que veía desaparecieron.

—Muy bien. Ahora puedo pensar —volví a inhalar y a exhalar—. Tengo que irme de la ciudad, alejar a Angie de Durm y así nadie saldrá herido. Te llamaré en cuanto haya encontrado un lugar para quedarme.

Cole giró a la izquierda, hacia la estación de policía. Él

continuó con la conversación como si yo no hubiera hablado. —Como evidentemente la idea de la casa segura no va a funcionar, tengo dos opciones: o te doy protección armada las veinticuatro horas en un hotel de tu elección o puedo encerrarte en la cárcel. Estarás a salvo allí, al menos hasta que la encontremos.

Una claustrofobia extrema habría sido un sentimiento mejor bienvenido que lo que sentí al imaginarme encerrada en una celda.

—Lo lamento, Cole. Sé que estás intentando ayudar. He tenido protección armada, y siempre terminan muertos o heridos de gravedad. —Puse mi mano en su brazo, con la esperanza de que viera que le estaba diciendo la verdad—. Esta gente no es chiste. No voy a ser responsable de más muertes. Tendrás que dejar que lo haga a mi manera.

Habíamos estacionado cerca de la estación de policía. Cole suspiró con frustración y miró a través del parabrisas, tamborileando los dedos. Luego me miró.

—Te amo, Kate. Necesito protegerte. Confía en mí. Estoy entrenado. Tú sabes lo que puedo hacer —sacudió la cabeza y su mirada se suavizó—. Eres una mujer testaruda, ¿sabes?

—Eso he oído.

—Bien —dijo Cole, visiblemente exasperado—. Ve. Pero deja tu vehículo. Ella probablemente sepa qué auto manejas. Lleva el Subaru.

El Subaru era el segundo auto de Cole, uno que él estaba guardando para cuando Lauren tuviera la licencia de conducir. Sería perfecto: tracción en las cuatro ruedas y de bajo perfil.

—Hecho.

VARIAS HORAS MÁS TARDE, ENTRÉ EN UN HOTEL EN LAS AFUERAS DE San Diego. Dejé mis cosas en la habitación y caminé hasta el restaurante mexicano de al lado y pedí el plato del día. El hijo de alguien estaba celebrando el cumpleaños y todos los que lo acompañaban gritaban, se reían y tenían sombreros. Yo pensé en Lauren y Abby, y me permití un rato de recuerdos gratos: Lauren cabalgando su caballo preferido; Abby aprendiendo a nadar; Cole besándome y pidiéndome que lo llamara en cuanto me detuviera. Tomé mi teléfono y lo llamé. Había quedado sobre la mesa que hay junto al sofá, en la cabaña.

—¿Kate? —la voz de Cole parecía cercana, reconfortante.

—Sí. Me detuve a pasar la noche. Todo está bien.

—¿Ya pensaste hacia dónde vas a ir?

—En realidad, no. Creo que voy a estar en movimiento por un tiempo. Veremos cómo va todo.

—Vamos a encontrarla, Kate. Pronto podrás regresar a casa.

Tragué saliva e intenté parecer segura. —Cuento con eso. Ya te extraño.

—Yo también. Buenas noches, amor.

—Buenas noches.

Corté y con rabia me sequé las lágrimas que amenazaban con estropear mi cena. La autocompasión no me iba a ser de gran ayuda. Tenía que pensar con claridad, no dejar que las emociones influyeran en mi decisión. Una cosa era segura: no podía volver. Incluso si detenían a Angie, Salazar y Anaya iban a contratar a alguien más para hacer el trabajo. Experimenté el dolor de dejar a Cole y la vida que había creado con él, y cerré los ojos con fuerza.

Tenía que haber una manera de deshacerme de Salazar y de Anaya para siempre, o nunca podría vivir una vida normal (las personas a mi alrededor seguirían muriendo o recibiendo heridas mortales). Algo tenía que cambiar. Había dos maneras de lograr eso: o morían ellos o moría yo.

Ir tras alguien para matarlo, especialmente tras una persona que tenía la protección de uno de los cárteles más brutales y más grandes de México, era una estupidez. No había manera de que pudiera acercarme a Salazar o Anaya, y ni pensaba intentarlo.

Entonces quedaba mi muerte.

No había llegado al punto de preferir verme muerta para encontrar paz, y no creía que ese momento fuera a llegar. Cole había tenido razón en algo: yo era muy testaruda. No iba a darme por vencida, aunque solo fuera para molestar a los idiotas que me querían matar.

No, tendría que ser mi muerte, o, más bien, propagar noticias de mi muerte para que dejaran de perseguirme.

Pero, ¿cómo?

Un plan comenzó a tomar forma, muy despacio, en mi mente. Entonces, extraje una lapicera y un anotador de mi cartera.

$$4$$

ME DESPERTÉ ANTES del amanecer al otro día, me di una ducha y me puse ropa limpia. Recogí el cabello en una cola de caballo y tomé una taza de café que me dio la gente del hotel. Había elegido ese lugar porque no tenía corredores exteriores. Angie me había encontrado con mucha facilidad en Alaska, en el Dew Drop: el motel tenía pasadizos abiertos que conducían a las habitaciones. Un cuarto con una puerta que daba al estacionamiento me habría dejado muy expuesta. No quería que le resultara tan fácil.

Después de observar el área alrededor del Subaru desde la ventana de mi habitación, en el tercer piso, tomé mi bolso y la cartera y bajé en el ascensor hasta el hall de entrada. Tomé otra taza de café y comí una banana del bar del desayuno, que todavía no había abierto; pagué la cuenta y me dirigí al automóvil.

Metí mis cosas en la parte trasera y sentí que se me ponían los pelos de punta, como si alguien me estuviera observando. Con cautela, miré en todas las direcciones, pero no vi nada sospechoso. Descarté la preocupación, entré en el vehículo y lo encendí, pero primero puse el seguro a todas las puertas. Antes de salir del estacionamiento hacia la autopista, puse la Glock bajo mi cartera, en el asiento, al alcance de la mano.

Unos cincuenta kilómetros después, salí de la autopista y me dirigí al área de descanso, maldiciendo el café y mi diminuta vejiga. Cerré el auto y caminé hacia el baño. Unos eucaliptos que proyectaban sombras muy largas teñían de negro el camino. El estacionamiento se veía desierto, a no ser por un remolcador que estaba cerca. El sonido del motor diésel rompía el silencio de la mañana, y me apuré a entrar en el baño.

Cuando volví a salir, había otro auto estacionado junto al mío. Caminé más lentamente, absorbiendo los detalles del SUV negro, memorizando la patente de Arizona, preguntándome si debería dar la vuelta e ir hacia otro lado. No se veía a nadie en el asiento delantero, pero podría haber alguien sentado atrás, invisible tras los cristales polarizados.

Cambié el trayecto, pasé entre los dos vehículos, y alcancé a ver que había alguien cerca de la parte trasera del SUV. Con la vista al frente, seguí caminando hacia el gran remolcador azul, con la esperanza de que pareciera que era mío.

Oí una puerta que se cerró con fuerza detrás de mí. Con el corazón en la boca, apuré la marcha.

—Date vuelta, Kate, querida.

El acento sureño me hizo detener en seco. *Angie*. Respiré hondo y me di vuelta lentamente, buscando la Glock con la mano. El corazón se me aceleró cuando recordé que la había dejado sobre el asiento delantero. Ella no me dispararía en un área de descanso ante la presencia de testigos probables, ¿no?

Por supuesto que sí.

Con una sonrisa felina, ella estaba de pie junto a la ahora cerrada puerta trasera del SUV, apuntándome con una semiautomática con silenciador. Tenía gafas de sol de carey grandes sobre la cabeza, que hacían a la vez de vincha para su cabello corto y rubio. Sus ojos verdes y felinos contrastaban con su rouge color manzana roja venenosa. Vestía una camisa con estampado de leopardo ceñida a la cintura y calzas de cuero negras. El calzado, unas chatitas cómodas, estropeaban el conjunto.

Vio que le estaba mirando los pies y su expresión se endureció.

—Gracias a ti, querida, nunca podré volver a usar tacones. No tienes idea de lo que significa para una persona como yo, que adora la moda, que le disparen en el pie.

Con la cabeza, hizo señas al Subaru.

—Parece que no tienes el arma contigo. ¿La dejaste en el automóvil?

Mi expresión debió servirle de respuesta, porque sacudió la cabeza.

—Querida, te has reblandecido. Fácil de rastrear, fácil de atrapar...—Su voz bajó—. No deberías dejar jamás el teléfono descuidado. Es muy fácil instalar un software de rastreo para alguien poco fiable...

Tendría que haberme dado cuenta. Había descuidado el teléfono solo una vez. —Te has cambiado el cabello —enfrascarla en una conversación era una táctica que las dos sabíamos que no me compraría mucho tiempo, pero tenía que intentarlo.

Ella se tocó el cabello con la mano libre. —Bueno, sí, gracias por notarlo.

—Te hace un tanto más... madura.

No volaba una mosca. Los labios se le convirtieron en una delgada ranura roja y entrecerró los ojos. Golpeó en la ventanilla del vehículo.

La puerta del SUV se abrió y salió un hombre de cabello oscuro del tamaño de un jugador de los Chicago Bears. Vislumbré un arma en una cartuchera en su hombro, debajo del abrigo. La panza le sobresalía bajo el cinturón, y la corbata estaba mal puesta.

Me di vuelta, con la intención de hacerle señas a alguien en el remolcador, para que llamaran a la policía. A pesar de que Angie estaba en posición de disparar, yo dudaba de que alguien viera el arma.

—Vamos, dulce. No perdamos tiempo —dijo Angie. El grandote caminó hacia mí y yo di unos pasos hacia atrás. ¿Por qué todavía no me había disparado? Nadie oiría nada, mucho menos con ese motor diésel ruidoso.

Sorprendida, Angie levantó la cabeza, como olfateando el aire. El grandote hizo una pausa y los dos miraron a la izquierda. Una camioneta Tahoe azul oscuro con las luces encendidas entró en el estacionamiento y se detuvo entre los asesinos y yo. Angie y el matón se escondieron detrás del SUV cuando la puerta del conductor de la Tahoe se abrió y apareció Cole. Apuntó con el arma por sobre el capó y disparó. Los otros le contestaron con fuego.

—¡Muévete! —me gritó. Me escondí debajo del remolcador y me arrastré hacia la rueda trasera, con el corazón que se me salía del pecho.

La escena se hizo borrosa, como en cámara lenta, mientras recordaba escenas del tiroteo con Sam, y me paralicé. Hubo más disparos entre los dos vehículos. Las balas rebotaban en el metal y el asfalto. Logré deslizarme al costado del camión, cerca de Cole. Tenía el estómago revuelto y me subía la acidez a la garganta. No sé si era por el olor a grasa del motor diésel o si era por mi temor de que le pasara algo a Cole. Probablemente por las dos cosas.

Calculé que la distancia entre donde estaba yo y el SUV era demasiada para cruzar a salvo. No quería distraerlo. Me carcomía el cerebro intentando encontrar la manera de llegar al arma que tenía en el Subaru o cruzar el estacionamiento hasta la Tahoe sin que Cole se diera cuenta. Tuve que frenarme para no salir corriendo hacia él mientras lo veía defenderse de Angie y del matón sin mi ayuda. Debió haberme seguido por si algo salía mal.

La puerta del remolcador se abrió y apareció un par de piernas dentro de texanos y botas de cowboy. El conductor se bajó y se agachó junto a las ruedas delanteras del remolcador, con una escopeta en la mano derecha. Demasiado absorto en la acción, no me vio cuando le hice señas y le grité, tratando de llamar su atención. El ruido del motor ahogó mis intentos.

Me puse en cuatro patas y fui hacia él. Justo cuando estuve bien cerca, como para que me oyera, salió corriendo hacia el camión de Cole, escopeta en mano. Las balas rebotaban en el asfalto, cerca de sus pies.

Casi había llegado a la Tahoe cuando el hombre se tambaleó, tomándose el hombro derecho. Llegó al SUV y se cayó contra la rueda trasera. La sangre le manchó la camisa blanca y corrió por su brazo. Cole miró hacia atrás, distraído por el alboroto, bajando la guardia por un segundo. Vi que trastabilló y se llevó la mano a la cabeza, y yo grité. Su arma cayó al piso y con la mano libre buscó algo en el asiento delantero del SUV. Vaciló unos segundos y cayó sobre una rodilla. Los dos tiradores se separaron: Angie fue hacia el frente de la Tahoe, y el matón a la parte trasera, armas en mano.

—¡No! —grité, saliendo debajo del remolcador, poniéndome de pie. Con las manos en el aire, caminé hacia ellos.

Angie se dio vuelta con una sonrisa triunfal en la cara. Evitó la puerta abierta y caminó hasta ubicarse detrás de Cole, pateó su arma y apuntó la suya a la cabeza de Cole, sin dejar de mirarme. Al mismo tiempo, el camionero levantó la escopeta, pero era demasiado tarde: el matón vino por la parte trasera del camión y le puso el arma en la cara. El camionero arrojó su escopeta y levantó la mano sana.

—Ya era hora —Angie se dio vuelta y miró a Cole—. Bueno, bueno. Tú sí que coleccionas hombres interesantes,

¿no? —Me hizo señas de que me adelantara, con un gesto impaciente de la mano—. Apúrate, tengo que terminar a tiempo.

—Déjalos ir. Querías matarme. Hazlo ya. —Miré a Cole. La piel de su cara se había puesto de color ceniza. Estaba de perfil, por lo que no podía estimar cuán herido estaba, porque le habían disparado del otro lado. Pero no estaba bien; le costaba respirar. Pensé que se moría y el pecho se me cerró del pánico, y la voz en mi cabeza me gritó que fuera con él.

Si lo hacía, moriríamos los dos.

Una ligera brisa levantó una bolsa que había en el piso. Yo apenas registraba las lágrimas que me corrían por las mejillas. Caminé lentamente hacia ella, esperando la agonía de una bala a cada paso. —Por favor...—no podía controlar la angustia en mi voz. Vi que Cole se puso tieso.

Angie se burló. —Ay, no voy a matarte, querida. Me pagarán mucho más si te entrego con vida. En cuanto a tu hombre, no sé si va a sobrevivir —levantó una ceja—. Es gracioso cómo esto se repite, ¿no?

El grandote se puso detrás de mí y me tomó de las muñecas y las ató bien fuerte.

—Sube a la camioneta.

———

Nos detuvimos en una pista de aterrizaje privada en las afueras de Bakersfield. El grandote me había arrojado en la parte trasera del SUV y habían partido sin siquiera mirarme. A Cole y al camionero los dejaron a la espera de la muerte. Me obligué a dejar de llorar y pensé en Cole, en si sobreviviría. Si me desmoronaba así no iba a llegar a ningún lado. Sentí un odio intenso hacia mis captores, y me imaginaba despedazándolos a la primera oportunidad.

Es increíble la manera en que el odio hace que el cerebro se concentre.

Los lazos tan apretados me cortaron las muñecas cuando intenté liberarme. El grandote había hecho un buen trabajo. Los dedos se me estaban poniendo rígidos por la falta de circulación sanguínea.

Vino por atrás y me sacó del SUV, empujándome a un Cessna rojo y blanco que estaba a unos pocos metros. A juzgar por lo que veía, íbamos a volar a algún lado. Pero apuesto a que no íbamos a Las Vegas.

Angie caminó hacia un hangar de techo de chapa, a hablar con un hombre alto que estaba de pie, a la sombra, y me imaginé que sería el piloto. Cuando el grandote y yo llegamos, hice un inventario de lo que veía: una pista de aterrizaje pequeña, un Cessna bimotor, un hangar y un espacio abierto grande. Había unos árboles a unos metros de donde estábamos. Si podía llegar a ellos, tal vez tendría una buena chance de escapar.

Tal vez.

Cuando nos acercamos al Cessna, fingí que me caía. El grandote me tomó del brazo. Al mismo tiempo, pasé el peso de mi cuerpo a mi pierna delantera y giré todo lo que pude a la derecha, intentando tomar envión con la otra pierna para dar una patada. Tuve suerte y di en el blanco. El grandote se inclinó con un gruñido, tomándose la entrepierna. Yo me arrojé hacia adelante y lo golpeé primero en el hombro, pero era como golpear un refrigerador. Todavía doblado, se tambaleó hacia atrás. Me di vuelta y le lancé una patada hacia atrás que le dio de lleno en la cara. La cabeza se le fue para atrás y se llevó una mano a la nariz. Uno a cero.

Corrí, pasé junto al Cessna y fui hacia el campo, donde había árboles. Pero correr con los brazos atados por detrás no es fácil.

Estaba a medio camino de la línea de árboles cuando oí gritos detrás de mí. Junté toda la energía que pude y corrí hacia la línea final. El ruido de disparos me hacía acelerar. No tenía idea de cuán cerca estaban.

Unos metros más para llegar... veinte, diez, nueve... era como si jugara mi propio partido yo sola y fuera mariscal de campo. La respiración se me hacía cada vez más entrecortada, mientras con la vista intentaba vislumbrar un lugar entre los árboles por delante de mí. Ocho...siete...

La fuerza del tacle me tiró de cara contra el piso y me quedé sin aire. Luchaba para respirar, pero el peso sobre mi espalda no me lo permitía. Luché contra el pánico y escupí pedacitos de césped y de tierra.

—Quítate de encima. —Mi voz salió más débil de lo que yo quería.

El peso por fin se levantó y pude respirar aliviada. Una mano me tomó por el codo y me obligó a ponerme de pie. Algo duro me golpeó en el costado.

Un arma. La furia me dominó y reemplazó cualquier otro sentimiento. Me di vuelta para mirarlo a la cara. La boca se me abrió de par en par y me volví a quedar sin aliento. Mi furia se convirtió en aturdimiento primero, y en temor después.

La sonrisa de John Sterling solo podía describirse como despiadada. No había cambiado mucho para ser un hombre que yo juraba que había sido enterrado vivo en una mina.

La última vez que había visto a Sterling, los dos habíamos quedado atrapados dentro de una mina que se había derrumbado. Pensé que él había muerto. Más bien, eso era lo que yo esperaba.

Recordé que tenía que respirar, pero mi garganta estaba como cerrada, y se me hacía difícil.

—¿Qué sucede, Kate? Ni que hubieras visto un fantasma. —Sonrió, pero sus ojos parecían calcularlo todo.

—Yo... pensé que estabas muerto.

Me empujó hacia el avión, tomándome fuerte por el brazo.

—¿Acaso encontraste mi automóvil? ¿No? —me presionó más fuerte en el codo, y yo grité—. ¿No se te ocurrió que, al no encontrar un cuerpo, yo había podido salir? —Yo tenía que admitir que a Cole sí se le había ocurrido esa posibilidad, pero no había querido escucharlo. Soy muy buena cuando de negar posibilidades se trata.

—La Señora Suerte estuvo conmigo ese día. Evidentemente, no es muy selectiva, porque por lo visto tú también saliste —sacudió la cabeza—. Nunca conocí una mujer con tantas putas vidas.

Sus piernas eran más largas que las mías, y yo luchaba para mantener su paso, tropezando varias veces en el intento. Para cuando llegamos al Cessna, mis pantorrillas estaban totalmente acalambradas.

Angie caminó por la parte trasera del avión para venir a nuestro encuentro, y me dio una cachetada bien fuerte. Sentí que me sangraba el labio.

—No lo vuelvas a intentar. El contrato decía viva. No especificaba en qué estado tenía que entregarte.

—Púdrete, Angie. —Escupí las palabras con la esperanza de poder enmascarar el shock y la ansiedad que sentía.

Angie sonrió. —Dulce, si alguien está podrida, esa eres tú.

5

———

D*os días después, en la Hacienda...*

LAS PUERTAS FRANCESAS SE ABRIERON Y EL GUARDA ME empujó hacia adentro de la habitación de estilo antiguo, llena de cuero y madera oscura. Un segundo guarda se ubicó en el rincón más cercano a mí. Angie estaba en un extremo de la habitación, frente a una biblioteca muy alta, de brazos cruzados y con una expresión inescrutable. Sterling estaba en una silla bien cómoda, cerca de un escritorio de madera sobre el que había una computadora MacBook Air, un humificador de palo rosa y... Salazar. Los hombros se me pusieron rígidos cuando vi a mi peor pesadilla delante de mí: ese reptil de sangre fría que fuera mi amante y que me quería ver muerta.

—¿Ves? Ella está bien. Te dije que no estaba demasiado golpeada —dijo Angie.

Salazar se levantó de la silla y caminó hasta donde yo estaba. Sus oscuros ojos marrones parecían negros en la poca luz que había en la habitación. La boca reflejaba tensión, pero no sabía si era por mí o por otra cosa. Cuando eres parte de un cártel de drogas, tu vida está marcada por el estrés.

—Te ves distinta —dio un paso hacia atrás y me miró de arriba abajo, evaluándome. Levantó mi barbilla y me miró a los ojos—: más vieja.

Aguanté las ganas de escupirlo en la cara. Hubiera sido difícil, con una boca seca como la arena. Intenté tragar, pero solo me salió un ruido raro. Salazar sonrió. La tensión y la furia me sacudieron como un cóctel bien fuerte, y me di cuenta de que podría matarlo.

—Han pasado más de diez años, Roberto. Los dos hemos cambiado. —Miré fijamente su pelo, que ahora era gris, y seguí con el escrutinio por el traje hecho a medida, impecable, su cintura más gruesa, y nuevamente a su cara. A juzgar por lo que vi, mi intento por devolverle una mirada de lástima funcionó. Se puso rígido y me miró con frialdad.

—Cuando Anaya concibió este plan, me aseguró que tú no habías cambiado. Seguramente hablaba de tu actitud rebelde.

Ignoré el comentario y le pregunté: —¿Qué plan sería ese? —La mención del nombre de Vincent Anaya no me ayudaba a apaciguar mi temor. Yo tendría que haber sabido que me iba a tratar de encontrar; tendría que haberme ido de Durm en cuanto tuve la oportunidad. Mentalmente, me obligué a cambiar de pensamientos; esos no me llevaban a ningún lado.

—Es uno realmente muy bueno —Salazar se acercó tanto que su cara estaba a milímetros de la mía; su respiración caliente contra mi piel. Le devolví la mirada, para no darle la satisfacción de verme vencida—. Nos da a los dos el placer de verte sufrir mientras recuperamos el dinero que robaste. Sin embargo —me volvió a mirar de arriba abajo, haciendo una mueca—, tal vez nos lleve un poquito más de tiempo del que esperábamos.

Sterling lanzó una risotada. Sonriendo, Salazar dio un paso atrás y acercó una silla, indicándome que me sentara. Mi guarda me empujó para que yo obedeciera. Me senté en el borde, echa una pila de nervios.

Me iban a hacer trabajar para devolverles el dinero, pero ¿haciendo qué? ¿Convirtiéndome en una mula, pasando drogas? Lo dudaba. Era muy arriesgado. Sabía que Salazar no esperaba que yo me dedicara a limpiar porque era un desastre con las tareas domésticas. Sin embargo, tal vez a eso se refiriera cuando dijo que recuperar el dinero les llevaría más tiempo de lo esperado y me harían sufrir a la vez. ¿Qué más podía ser? La acidez que se me empezó a formar en la boca del estómago me decía que todavía no había ido demasiado abajo en la escala de la humillación.

Angie permaneció en su lugar, hablando en voz baja por su teléfono móvil. Como no podía entender lo que hablaba, volví mi atención a Salazar y a Sterling.

—Me temo que, en tu nueva posición, no hay mucho lugar para la creatividad, pero hay una fuerte posibilidad de viajar. Además, estarás en contacto con mucha gente. Sobre todo, hombres —Salazar se me acercó al oído y dijo en voz baja—: te voy a enviar a uno de mis burdeles en Playa del Carmen para que recibas entrenamiento —con la mano, me quitó el pelo del cuello—. Una vez que te marquemos, todo México sabrá a quién pertenece esta puta.

Sterling nos miraba con sorna y de brazos cruzados. Yo habría dado cualquier cosa por tener un arma.

Salazar continuó. —Como gesto de mi gran estima y preocupación por tu bienestar, me aseguraré de que vayas al burdel más mugroso de los que operamos, con los más viciosos de nuestros clientes. Una vez que hayas demostrado lo que vales, Anaya y yo te haremos viajar por los peores de nuestros tugurios —miró a la distancia—. El sexo da mucho dinero, y es mucho menos riesgoso. Tiene un potencial que hace que el tráfico de drogas parezca poco redituable —sonrió y abrió las manos—. Puedes estar contenta, Kate. Podrás hacer lo que mejor saber hacer —entrecerró los ojos y su sonrisa se esfumó—: tirarte hombres y viajar.

Angie había dejado de hablar por el móvil y se sentó sobre el escritorio, cruzando las piernas. —Y no pienses que tu dulce alguacil va a venir a salvarte. Acabo de hablar con el hombre que me ayudó a atraparte. Me envió un link con el Canal 7 de Noticias, de San Diego —me acercó el teléfono, para que viera la pantalla—. Parece que tu novio no sobrevivió.

Me incliné hacia adelante e intenté leer el titular.

Alguacil de Arizona recibe disparo mortal en área de descanso.

Cuando me cayó la ficha de lo que había leído, el aturdimiento se convirtió en furia. Me enrosqué como una serpiente y me arrojé sobre ella, ansiando quitarle ese aire de engreída de la cara. —Tú, HIJA DE PUTA.

La expresión de Angie pasó de engreída a preocupada cuando me vio venir. Se arrastró hacia atrás del escritorio, y el hombre de Salazar saltó y me tomó del pelo. Yo ya no podía sentir dolor; hervía de adrenalina y luchaba para soltarme. No me importaba lo que me hicieran; solo quería sentir el cuello de Angie entre mis manos. Sterling se había puesto de pie, arma en mano, pero Salazar le hizo una seña.

—Podemos hacerlo de la manera fácil o de la difícil, Kate. —La voz de Salazar me devolvió a la realidad. Usar la poca fuerza que me quedaba para luchar era contraproducente. Tenía que encapsular el odio que sentía por todos ellos y guardarlo para cuando lo necesitara. Dejé de luchar. El hombre de Salazar me empujó de nuevo a la silla.

Salazar miró el reloj y frunció el ceño. —En principio, había organizado una fiesta de bienvenida para dentro de varias horas, pero puedo ver por tus acciones que estás ansiosa por empezar.

John, ¿puedes reprogramar a todos para más temprano? Digamos que para después de la siesta —se acercó y me dio una palmadita en la mejilla—. Vas a necesitar dormir para reponerte.

Aparté la cara de su mano. Él se rio.

—Un placer, jefe —contestó Sterling.

La necesidad de incluir a Sterling en mi venganza me abrumaba. Salazar debe haber notado mi reacción. Se inclinó otra vez y me susurró en el oído—: A los hombres les gusta cuando peleas. Serás una puta muy popular.

—Llévenla —ordenó, con un gesto. Los dos guardias me tomaron de los brazos y me llevaron de vuelta a mi prisión.

Apenas habíamos recorrido la mitad del camino cuando una fuerte explosión sacudió todo. Los dos guardias se dieron vuelta, porque el ruido venía de atrás. Un humo negro subía al cielo desde el otro extremo de la hacienda.

—¡Mierda! —maldijo mi guardián, empujándome hacia un edificio cercano. Se oían disparos y gritos a la distancia. El guardaespaldas de Salazar volvió corriendo hacia el caos. Con un insulto, el guarda cerró la puerta.

Esperaba oír una llave en la cerradura, pero solo oí los pasos de mi guardián alejándose hacia el centro de acción.

Me acerqué a la puerta y me recosté contra ella, escuchando. No oía nada más que el distante ra-ta-ta-ta-ta de las armas de fuego. Coloqué el hombro contra la puerta de madera y empujé.

No pasó nada. No había picaporte de este lado de la puerta. Imaginé dónde podría estar el picaporte del lado de afuera, di un paso atrás y pateé. La madera vieja aguantó.

Luego de un par de intentos más, desistí y me dediqué a estudiar la habitación. El olor a humedad y moho me decía que ese edificio no era muy frecuentado por Salazar. Caminé por la habitación, pateando y observando la pared en distintas partes, esperando encontrar madera podrida o tal vez carcomida por los insectos.

Cuando había recorrido un tercio del perímetro, sentí que la pared cedía. Volví a patear y una parte del yeso se cayó. Me di vuelta e inspeccioné la habitación, buscando algo más duro que mi bota para golpear. En el piso, junto a un rollo de cortina oxidado, había una herramienta de acero. La tomé y volví a la pared. Utilizando el extremo, golpeé una y otra vez, agrandando el agujero que había hecho, hasta que pude ver la luz del día.

Otra explosión sacudió el complejo. Llovieron polvo y trozos de yeso, y me cubrí la cabeza con los brazos, a la espera de que el techo se me cayera encima. Como no sucedió, seguí escarbando, agrandando el agujero. Dejé la pieza de acero y seguí con las manos. Al rato, ya tenía el tamaño justo para que yo pasara por ahí. Me asomé por el hoyo y vi que la pared exterior miraba a la parte trasera del edificio y llevaba a una sección anexada del complejo.

Me deslicé por el agujero y el yeso me dejó marcas en los brazos. Sin prestar atención al dolor, me puse de espaldas y empujé la pared, intentando pasar las caderas.

Libre al fin, observé las inmediaciones. Era una sección no tan bien mantenida como la que rodeaba a la hacienda. De hecho, la jungla estaba cerca. No tenía idea de lo que estaba sucediendo, pero me imaginaba que las explosiones tenían que ver con una cártel rival. Ese tipo de ataques eran comunes en los últimos días que pasé con Salazar, y eran una de las razones que me decidieron a escapar.

Eso y el hecho de que él degolló a su hombre más cercano por una pequeña infracción. Después de algo sí, una se vuelve un poco paranoica.

Más disparos acompañados por otra explosión me empujaron a moverme. Empecé a correr, lejos del sonido de la guerra que se desataba detrás de mí.

6

P RONTO, LA JUNGLA se hizo demasiado densa para correr, y tuve que aminorar la marcha. Continué audazmente por entre las impenetrables malezas, decidida a poner distancia entre Salazar y yo antes de detenerme a descansar, aunque no tenía la menor idea de qué dirección tomar.

La emoción me superó, y fui incapaz de detener la catarata de lágrimas. Pasaba de una furia descontrolada, que nunca antes había experimentado, a la desesperación por la muerte de Cole. Lo único que me ayudaba a superar la situación era la creencia de que algún día yo podría vengar su asesinato. La idea de barrer a Angie y a Salazar de la faz de la tierra me hizo sentir mejor. Sterling y Anaya serían la frutilla del postre.

Un mito, por cierto, pero era mi mito y decidí a aferrarme a él.

La adrenalina que había sentido antes en la hacienda se había extinguido, e hice una pausa para descansar un momento, aunque no estaba muy convencida. ¿Por qué no dejar que la naturaleza siguiera su curso? Era evidente que no podía relacionarme con nadie por temor a convertirlos en blancos de mi enemigo. Estaba condenada a una existencia solitaria. No era una ermitaña, por más que lo intentara. Una vida sin nadie con quien hablar, o con quien estar o amar era una perspectiva bien desoladora. Más lágrimas inundaron mis ojos y sentí un tremendo dolor por la pérdida de Cole. La fuerza de mi pena me golpeó con fuerza y caí de rodillas para seguir llorando.

Permanecí de cuclillas hasta que no pude sentir las piernas. Cuando las lágrimas cesaron, inhalé profundo, y me di cuenta de que tenía que continuar.

La realidad de mi situación me golpeó como una barreta en el plexo solar, tomándome por sorpresa. El hecho de que necesitaba buscar ayuda o moriría sola en la jungla me tuvo concentrada y alerta, y de inmediato mi atención pasó de la venganza a la supervivencia. Las heridas en mis brazos y en el costado del cuerpo, consecuencia de atravesar el hoyo en la pared, se pusieron rojas. La amenaza de infección era un tema serio en el trópico. Tenía que encontrar una manera de limpiar y cubrir los cortes. No me gustaba la idea de que mis áreas infectadas se convirtieran en el nido que los insectos encontrarían para poner sus huevos.

A pesar de que la mañana seguía fresca, sabía que no duraría mucho. Me puse de pie y me sacudí la tierra de los texanos. Salazar había mencionado Playa del Carmen, entonces probablemente estaría en algún lugar del estado mexicano de Yucatán, o posiblemente en Quintana Roo. Miré el sol, que se estaba elevando, y me dirigí al este.

En la península de Yucatán, la primavera puede ser agradable por la mañana, pero no tanto por la tarde. No había muchos mosquitos por la hacienda, pero eso no quería decir que no serían feroces en las áreas que no estaban fumigadas. No tenía idea de cuán lejos estaba de la costa ni cuál sería la ciudad más cercana. Todo lo que podía hacer era seguir hacia el este hasta encontrar una ruta, una casa, una aldea, algo.

Mientras me abría camino por la densa jungla, intenté hacer

memoria de lo que sabía del área. Había visitado muchas ruinas mayas, con Salazar y con el colegio, y sabía algo de las antiguas leyendas de los mayas y toltecas. Su historia estaba llena de leyendas y mitos increíbles, y mientras me abría camino por la densa vegetación, intenté recordar las historias relacionadas con la jungla, con la esperanza de que me hicieran recordar cosas que me podrían ser útiles.

No es que las leyendas me iban a ayudar a sobrevivir sin comida y sin agua. Según lo que recordaba, las llanuras de Yucatán estaban compuestas de piedra caliza y no tenían ríos ni arroyos. Sin embargo, había cientos de pozos tallados bajo tierra por las aguas subterráneas, los que con frecuencia creaban cenotes o pozos de agua.

Solo tenía que encontrar uno.

Los mayas eran tremendamente orgullosos y habían sobrevivido en esta área durante siglos. Su historia estaba teñida de violencia y sangre, de sacrificios humanos, pero como una vez me dijera un hombre maya, originalmente eran un pueblo pacífico y agricultor que fue conquistado por otras tribus, gente más violenta y sanguinaria. Antes de que llegaran otros grupos a la escena, los sacrificios habían estado limitados a los animales, no a los humanos, y los juegos de pelota no se habían convertido en un deporte sangriento, en el cual el capitán del equipo ganador era sacrificado. Vivían en sintonía con el mundo natural, y creían en los espíritus de la naturaleza, como muchas otras culturas indígenas, y asignaban nombres a los poderes especiales de las plantas y animales propios de Yucatán.

A pesar de que no era muy común, todavía se avistaba algún jaguar de vez en cuando. Siempre me habían fascinado esos gatos enormes: tenían una combinación fascinante de gracia letal con ferocidad, y eran hermosos. Los mayas los reverenciaban y los relacionaban con la fuerza y la protección.

Las serpientes eran otro tema. Había muchas especies venenosas en el área; yo odiaba las serpientes.

Recordé que también había leído sobre arañas venenosas y cocodrilos. Así y todo, tenía que seguir adelante. Las bestias, peligrosas o no, eran mucho más predecibles que los señores de las droga enfurecidos.

Contenta de que tenía botas de cuero, por si me cruzaba con alguna víbora de fosa o de coral, continué hacia el este. La temperatura subía de manera continua, y sabía que tenía que encontrar agua pronto. Había plantas medicinales por toda la jungla, pero no confiaba en mi capacidad para identificarlas.

Seguí abriéndome camino por la jungla con la esperanza de encontrar una ruta que me llevara a un asentamiento o a una ciudad.

El césped hizo un ruido y me detuve, espantada con la idea de que fuera un jaguar o una víbora. Observé con atención para ver de dónde provenía el ruido. Una iguana me miraba desde una pila de hojas secas. Exhalé aliviada y el reptil continuó su camino, con una larga cola que iba barriendo todo lo que había detrás.

El sol me recalentaba la cabeza, porque no tenía ninguna protección, y las moscas revoloteaban por mi sudorosa cara, insoportables. Sintiéndome frustrada por mi progreso tan lento y muerta de calor, la conocida sensación de pánico me quemaba en los intestinos y me subía hacia el pecho. Había caminado durante horas y no había encontrado nada que se pareciera a comida, agua, un camino o una casa. Dejé de lado las dudas: sentir miedo no me iba a llevar a la salvación. *A caballo regalado no se le miran los dientes, Kate. Te escapaste de Salazar. Vas a estar bien.* Mi determinación volvió de a poco, y continué mi camino.

Hacía mucho que no comía y me sentía sin fuerzas ni energía. Tropecé como por décima vez, y me di cuenta de que estaba exhausta. El corazón me latía más rápido, acompañado por mareos y un irritante dolor de cabeza.

Redoblé los esfuerzos por encontrar un lugar para pasar la noche. Cuando me había decidido a detenerme antes de colapsar, me encontré con un área abierta con una enorme piedra cubierta por parras. La rodeé y me puse de rodillas, agradecida, aprovechando la frescura de su sombra.

Había sentido sed durante horas, y sabía que había perdido mucho líquido con la transpiración durante mi marcha por la jungla. La náusea era una compañía constante, y las piernas se estaban empezando a acalambrar. Necesitaba encontrar agua. La deshidratación severa no es nada agradable.

Luego de unos minutos bajo la bendita sombra, miré a mi alrededor y me di cuenta de que la roca junto a la que estaba sentada tenía una gemela. Con curiosidad, me puse de pie y fui hacia ella, y me detuve cuando vi un montículo. Hice las malezas y las parras a un lado y vi un bloque del tamaño de un cuaderno con algo tallado en la superficie.

Por lo que podía ver, se trataba del relieve de la cabeza de un animal. La sección que rodeaba la cara y el cuello estaba cubierta con círculos concéntricos. *Jaguar.* Sentí una oleada de excitación. Por un momento, me olvidé de la sed, y me permití pensar que tal vez yo era la primera persona que veía este bloque tallado en cientos de años. Una débil mancha roja delineaba el perfil del gato, y también distinguí trozos en azul. Fascinada, tomé el bloque y lo sostuve en las manos.

Tal vez seas la primera persona que ve esto, Kate, pero ¿de qué sirve si estás muerta?

Sintiéndome como una tonta, dejé la piedra y miré a mi alrededor. Las sombras se habían alargado, lo que quería decir que sería mejor que encontrara un lugar seguro para pasar la noche. Se me ocurrió que podía utilizar las plantas de hojas grandes que rodeaban a las piedras para juntar rocío. Pero eso no sucedería hasta la mañana. Parecía que iba a tener que acostarme sedienta.

Pasé alrededor de la segunda piedra, con la esperanza de encontrar una especie de refugio. Inferí que estaba en un antiguo asentamiento maya. Se decía que había cientos de sitios sin descubrir en México y América Central.

Ante mí había un enorme montículo que calculé que tendría unos quince metros de alto, cubierto por árboles y vegetación densa. Había leído historias sobre arqueólogos que encontraban sitios antiguos en el medio de la nada en Yucatán; las pirámides que los mayas construyeron siglos atrás habían sido cubiertas por la jungla, y muchas todavía permanecían sin descubrir debido a la densa vegetación que las camuflaba.

Fui hasta el montículo más grande y caminé alrededor de su base todo lo que me lo permitieron los árboles y las plantas. Las malezas estaban muy crecidas, y no podía ver nada parecido a ruinas, mucho menos un muro. Parecía que había un desdibujado sendero que salía del montículo hacia la izquierda, así que hacia allí me dirigí, apartando enredaderas y con mucho cuidado, por si encontraba alguna infeliz serpiente.

El sendero descendía por una cuesta suave y el suelo se convirtió en pequeñas piedras primero, luego en roca suave, a medida que el sendero se fue haciendo más definido.

La temperatura bajaba a medida que avanzaba por el camino. La vegetación densa se hizo más fina, y reveló rocas enormes que rodeaban la boca de una cueva oscura. El sol de la tarde se escabullía por agujeros por entre las ramas de los árboles y hacía brillar el agua turquesa y clara que había en la base de la caverna. Aliviada, me apuré a entrar allí. Me quité las botas y las medias, me arranqué las ropas y entré en esas aguas heladas como el hielo. Bebí todo lo que pude y me limpié las heridas de los brazos y del torso.

Rodeada de árboles exuberantes y enredaderas, acompañada del canto de los pájaros en esa sombra bien densa de la caverna, decidí llamarla la gruta. En el agua había piedras suaves de distintos tamaños en el fondo, claramente visibles en esa piscina prístina. Nadé hacia el interior de la caverna, con la esperanza de encontrar un lugar seguro para pasar la noche. Estalactitas puntiagudas descendían del techo y desaparecían bajo la sombra de la caverna. La forma del lugar amplificaba todos los sonidos: una gota se convertía en una zambullida. Las paredes rocosas estaban cubiertas por enredaderas, alimentadas por la humedad del lugar.

Como no encontré un lugar para acampar, nadé de vuelta a la entrada. Un enorme árbol de Ceiba crecía cerca, con las ramas y raíces metidas en el agua. Para los mayas, el árbol de Ceiba era el "árbol de la vida", y creían que representaba el nexo principal entre la tierra y el cielo. Por esa razón, todos los Ceibas eran protegidos por poderosos espíritus de la jungla.

Honestamente, esperaba que no estuvieran relacionados con los malos espíritus que me perseguían.

La luz había bajado. Los murciélagos revoloteaban en busca de comida. Me volví a vestir y espanté un pájaro de las ramas del Ceiba. El corazón casi se me detuvo y me paralicé, inundada por los recuerdos de Alaska, cuando una bandada de cuervos voló ante la estampida del disparo de los hombres de Angie, cuando mataron al investigador privado que los guio hasta mí.

Otra persona muerta por mi culpa. Las repercusiones de una decisión estúpida tomada años atrás tenían un alcance increíble. *Basta, Kate. Lo hecho, hecho está. Solo existe el hoy.*

Una imagen de la cara de Cole nadó por la superficie, y me tuve que sostener para no caer. Cole, firme como una roca; el hombre que había pensado que me iba a ayudar a romper con la maldición que me perseguía. Un hombre honrado que hacía todo bien: padre presente para sus hijas, paciente y bueno con la horrible de su ex, un alguacil justo e imparcial; uno de los buenos. Nunca debí arrastrarlo al desastre que era mi vida.

Pero había pensado que todo estaba mejor. Que tal vez, tal vez, tendría una especia de perdón por toda la mierda, por todas las cosas malas que me pasaban por la desafortunada decisión de correr.

Todo había sido una mentira. Había perdido todo lo que me había importado, salvo a Sam. Nunca cometería el error de volver a verlo.

En realidad, también lo había perdido a él.

Basta de compadecerte, Kate. Si quieres sobrevivir, tienes que volver al presente. ¿Pero qué quería decir sobrevivir, realmente? Claro, tenía que salir entera de la jungla, pero ¿y después qué? ¿Quería seguir? ¿Sola?

Empujé esos pensamientos que me debilitaban al fondo de mi mente y me entretuve buscando un lugar para acostarme a la noche. La gruta era tan buena como cualquier otro lugar. Con la proximidad del agua y el pequeño cerco de piedra, el lugar parecía más seguro que estar afuera, entre las ruinas. No tenía manera de hacer fuego, así que me puse a buscar hojas para cubrirme. Tenía que protegerme del frío de la noche y de los insectos.

El tronco del Ceiba estaba cortado con una profunda Y, y el centro era lo suficientemente grande para que yo lo pudiera usar como una plataforma para dormir. Tener una cama alejada del suelo parecía una buena idea, sobre todo porque no sabía qué animales usarían este pozo de agua para abastecerse. No sabía si los cocodrilos de agua fresca frecuentaban los cenotes, ni si preferían los lagos internos. Por otro lado, las serpientes no conocían esos límites. Tenía que arriesgarme.

Cuando volvía al árbol con los brazos llenos de hojas, pateé una roca con mi bota. Me arrodillé para tomarla; era una piedra suave y negra. Le quité la tierra y me di cuenta de que tenía tallado un jaguar con las mandíbulas abiertas, cuyos afilados caninos le daban una expresión letal. La piedra parecía una obsidiana, pero no recordaba si eso era normal en esta área.

Mis dedos se cerraron alrededor de la estatuilla. Ella me iba a acompañar durante la noche.

EL GATO GRANDE AVANZÓ LENTAMENTE HACIA LA FIGURA DORMIDA, CON mucha curiosidad. El jaguar se estiró y puso las patas frontales contra el árbol y olió, luego arrugó el hocico. No podía identificar ese olor desconocido, se volvió a poner en cuatro patas y rodeó la base, buscando la manera más fácil de subir por el tronco de Ceiba. La figura que estaba arriba cambió de posición, todavía dormida, lanzando una lluvia de hojas al enorme gato desde su lecho. El felino se quitó las hojas y se sentó sobre las patas traseras, ponderando este nuevo intruso en sus dominios.

Luego de unos minutos, el jaguar hembra, en cuatro patas y moviendo la cola, se acercó al pozo de agua para beber. Como no veía ninguna amenaza, se contentó con dejar las cosas así. Ella terminó de beber y, tras lanzar una mirada hacia atrás, salió en silencio en busca de una presa.

7

—**D**ESPIERTA.

Mis ojos se abrieron de golpe. Me quedé quieta, paralizada, y miré hacia arriba, al techo de hojas verdes del Ceiba. Había alguien abajo, en el suelo, y con un tono de no muy buenos amigos. Aunque hablaba español, percibí un acento estadounidense.

No puede ser Salazar, y no suena como Sterling.

Mierda.

Despacito, me incorporé hasta sentarme y miré hacia abajo.

Allí había un hombre al que nunca había visto antes. Estaba con un enorme pastor alemán que me observaba, con las orejas levantadas, curioso, y con la lengua asomándole por el costado de la boca. El hombre tenía pelo oscuro y corto, con algunos manchones de canas. Su cara, bronceada y curtida, estaba cubierta por pintura color camuflaje, y eso le daba un aspecto feroz. Las ropas y la mochila hacían juego con la pintura de la cara, y estaban muy usadas. Tenía un torso amplio y musculoso, piernas largas y flacas. Me apuntaba con un arma que parecía sentirse a gusto entre sus brazos.

Balanceé las piernas por el borde del árbol y levanté las manos.

—¿Puedo bajar o me va a disparar? —pregunté en inglés.

Él bajó el cañón del arma con el ceño fruncido. Su actitud me hizo pensar en un Rottweiler enojado: piernas separadas, pecho hinchado, hiperalerta, listo para atacar.

—¿Y el perro? —el can se había acercado al árbol y estaba olfateando la base, muy interesado en el área justo debajo de mis pies.

—¡Aries, ven!

El perro levantó la cabeza y de inmediato trotó hasta quedar al lado de Rottweiler.

Yo me apoyé en el estómago y bajé, dejándome deslizar los últimos centímetros por las enormes raíces. Me sacudí las hojas de la camisa y del pelo, me enderecé y lo miré a los ojos. Frunció más el ceño y el cañón del arma volvió a su posición original. El perro levantó la cabeza hacia su amo como diciendo: *¿Qué pasa? No veo ninguna amenaza.*

Los animales son buenos para juzgar a las personas.

—¿Quién eres? ¿Y qué mierda estás haciendo aquí? —exigió Rottweiler.

—No estoy armada. —Volví a levantar las manos y me di vuelta para mostrarle que no tenía armas. Enrollé las piernas del pantalón hacia arriba, para mostrarle que no tenía nada, mirándolo, para ver si estaba satisfecho. El arma no se movió. Suspirando, desenrollé las piernas otra vez y le sonreí al perro.

—No respondió mi pregunta.

—Mi nombre es Beyoncé Smith. ¿Y tú eres?

El entrecerró los ojos cuando oyó el nombre inventado. — Eso no es importante. Tienes que decirme por qué estás aquí. — Me miró como atravesándome con rayos laser. Intenté sostener su mirada, pero la aparté primero. ¿Quién mierda era este sujeto?

—Yo...—empecé, pero me quedé muda cuando aparecieron dos hombres más entre los árboles, vestidos con ropa de camuflaje y con mochilas, todos con armas automáticas.

—¿Qué tenemos aquí? —dijo el alto, con un acento típico de Nueva Zelanda. Tenía el pelo rubio cortado a la moda, y sonreía con sarcasmo mientras se acercaba a nosotros, con sus dientes muy blancos y la cara bronceada, pintada de verde. El otro hombre parecía más joven y tenía un pelo largo y negro recogido en una cola de caballo, y me hizo acordar a Sam. Era unos cuantos centímetros más bajo que sus compañeros, pero lo que le faltaba en altura lo compensaba con la contextura. Los tres estaban en un estado fenomenal, como si lo único que hicieran en la vida fuera entrenar.

—Esta es *Beyoncé*. No quiere cooperar —respondió Rottweiler.

—¿En serio? —Blondie se acercó y me miró de arriba abajo, rodeándome. Vi que llevaba un par de gafas de sol caras que colgaban del cuello. Parece que luchar en la jungla era mucho más redituable de lo que yo pensaba.

Terminada la inspección, caminó hasta donde estaba Rottweiler y se puso el arma sobre el hombro. —A mí me parece que puede cooperar. ¿Le has pedido que cante? —dijo con sarcasmo, lanzándome una sonrisa deslumbrante. Le devolví la sonrisa, relajándome por primera vez en esa mañana. Rottweiler frunció todavía más el ceño.

—Es una estadounidense durmiendo en el medio de la jungla. ¿No te parece alarmante?

El hombre de la cola de caballo (Ponytail) se acercó a sus colegas y también me inspeccionó. —No está armada; solo veo unos sesenta kilos empapados. ¿Qué tipo de amenaza te parece que ella puede representar? —Ponytail hablaba con acento mexicano, pero en perfecto inglés.

Rottweiler me miraba con muy convencido. —Ella está a un

día de caminata del Área Cinco, y me imagino que es uno de los juguetes del cártel que no ha recibido suficiente atención.

—Yo *no* soy el juguete de nadie —le furia me invadía y miraba al fijo al hombre—. ¿Quién mierda son ustedes? —lo miré con lo que esperaba fuera una mirada de desdén—. ¿Y qué son ustedes? ¿Una especie de grupo paramilitar de mierda jugando a los soldaditos en la jungla? —el enojo siempre me daba un falso coraje. El perro gruñó. Yo respiré hondo e intenté calmarme.

La expresión de Rottweiler se endureció y se dio vuelta, con un sonido de disgusto. —No tengo tiempo para esta mierda —dijo—. Ustedes hagan lo que quieran con ella. Ahora ella es *su* responsabilidad. Vamos, Aries —caminó por el sendero y el perro lo siguió—. No se olviden del agua —gruñó por encima del hombro.

Salí de Guatemala para entrar en Guatepeor.

Blondie (el rubio) sacudió la cabeza. —Vamos, entonces. Parece que ya encontraste el lado malo de *El Jefe* —se dio vuelta para mirar a su amigo—. Eso es un récord, ¿no?

Ponytail se encogió de hombros. —No se necesita mucho.

Yo me quedé donde estaba. —No me han contestado, y no me voy a ir hasta que ustedes me contesten.

—No tienes que preocuparte por nosotros —dijo Blondie—. Piénsalo; ya te habríamos herido o matado, o amordazado y atado para llevarte a algún lugar si tuviéramos intención de hacerte daño. Estás mucho más segura con nosotros que sola.

¿En dónde había oído eso antes?

Hizo una pausa. —Tenemos comida.

En ese momento, mi estómago decidió hacerse presente y produjo un fuerte gruñido. Ponytail se rio.

—Mira —dijo Blondie—, puedes arriesgarte a quedarte sola aquí. Por lo que acabo de oír, no tienes mucha comida, o ninguna. Además —hizo un gesto con la cabeza hacia el suelo —, parece que tuviste visitas.

Miré al lugar señalado y vi unas pisadas frescas que parecían de felino, pisadas que no habían estado ahí la noche anterior. Eran muchísimo más grandes que cualquiera de las que había visto antes.

—O —continuó—, puedes venir con nosotros y tener comida, protección de los elementos y nuestra compañía genuina. —Me lanzó una sonrisa y se inclinó para buscar agua del pozo y llenó la cantimplora. Ponytail hizo lo mismo y además llenó un bebedor de plástico.

—¿Y después qué? —Porque seguro que no se iban a quedar mucho tiempo conmigo. Al menos, no en la jungla. Yo sería otra boca más que alimentar. Todavía no entendía bien quiénes eran estos sujetos ni qué hacían. ¿DEA? ¿CIA? ¿Algún tipo de grupo paramilitar del que no había oído?

—Te dejaremos en Tabai. Pero será dentro de unos días.

—¿Y eso por qué?

—Digamos que no podemos sacrificar un vehículo ni mano de obra para ser tu escolta en este momento.

Ponytail agregó: —Somos tu mejor opción. No tengas miedo.

Yo no tenía miedo. Más bien sospechaba de ellos, pero me dejé llevar. Estos hombres no eran miembros de un cártel. Como dijo Blondie, yo ya estaría muerta o a punto de ser encontrada por la gente de Salazar. Mi instinto me decía que me fuera con ellos, pero alerta y sin confiar en ellos.

—Está bien —dije—. Cuanto antes me puedan dejar en Tabai, mejor.

Miré a la caverna por última vez y los seguí por el sendero cubierto de enredaderas, con la esperanza de que esta vez mi instinto no me fallara.

8

CAMINAMOS POR la jungla, casi sin detenernos a descansar. La falta de alimento se hizo evidente en mí: mi energía disminuyó considerablemente y me quedaba atrás. Por el contrario, los tres hombres y el perro eran como máquinas. Me maravillé por su habilidad para abrirse paso por la jungla impenetrable.

Seguro que los machetes, bien afilados, ayudaban.

Nadie dijo una palabra, salvo cuando, una vez, Ponytail me ofreció su sombrero diciendo: —Toma. —Yo acepté, porque él se quitó la remera y se cubrió la cabeza con eso, a modo de túnica. Andar con el torso desnudo en el trópico no era una buena idea, especialmente en esta época del año, con una seria probabilidad de padecer un golpe de calor. Agradecida por la protección contra el sol, redoblé los esfuerzos para seguir su ritmo. Sobre todo, no quería que Rottweiler tuviera un motivo para deshacerse de mí.

Concentré mi atención en los alrededores, y así evité pensar en Cole, porque todo el tiempo mi mente me llevaba a la escena del tiroteo en el área de descanso.

Un par de horas más tarde, Rottweiler levantó la mano

izquierda y todos nos detuvimos. Por un segundo, se llevó la mano a la oreja. Aries se sentó sobre las patas traseras.

Esperé en silencio, preguntándome qué estaba escuchando. Evidentemente, no oía nada, salvo por el ocasional gruñido de mi estómago, y levantó la mano para que sigamos. Ponytail vino junto a mí con una bandana negra en la mano.

—Perdón por esto, pero voy a tener que vendarte los ojos de aquí en adelante. —Y me puso el pedazo de tela negra sobre los ojos.

—Genial. ¿Cómo se supone que camine?

—Estaré al lado tuyo —terminó de ajustar la tela y sentí su mano en mi codo—. Tómalo con calma. Es un terreno bastante plano.

Ponytail me tomó del brazo y yo caminé, con las manos listas para apoyarlas en caso de caerme. Vendada en el medio de la jungla, con un trío de comandos de origen desconocido y un perro enorme no era muy tranquilizador que digamos. Por supuesto, era preferible esto a estar en manos de Salazar, pero no me sentía segura.

Muy concentrada en no caer, me sorprendí cuando Ponytail me agarró más fuerte y se detuvo. Me quitó la bandana. Pestañeé enceguecida por la luz.

Nos habíamos detenido en un claro rodeado por una densa jungla por los cuatro lados. Alrededor de un área central había ocho o diez carpas camufladas con redes, junto con unas pocas estructuras mayas tradicionales, similares a las que se ven a menudo en la zona de Yucatán: chozas hechas de estacas de madera unidas por trenzas de pita y con techo de palmera. Tres grupos de hombres vestidos con ropa de fajina luchaban entre ellos en un lugar despejado de malezas a nuestra izquierda. Tres grupos separados de rifles formaban una especie de terraplén. Otro perro enorme corría entre ellos, ladrando de contento. Aries gruñó y movió la cola. El otro perro se detuvo y vino hacia nosotros, ladrando y moviendo la cola, también. Aries miró a su dueño, con la lengua afuera.

—Ve —dijo Rottweiler, y le hizo una seña con la mano. Aries fue hacia el terraplén, a reunirse con el otro perro.

Era el mediodía, a juzgar por el sol. Rottweiler continuó hacia el campamento y nosotros tres lo seguimos. El ruido de mi estómago crecía de manera incesante, y ya me resultaba demasiado irritante. Ya dentro del perímetro, Ponytail me hizo señas de que lo siguiera a una carpa cerca del centro del campamento. Hizo a un lado la cortina que servía de puerta y entramos.

Seis hombres estaban comiendo en una mesa larga de metal, rodeada de sillas plegables, en el centro de la habitación. En un extremo había un área de cocina que consistía en una mesa plegable con un par de mecheros de gas alimentados por tanques de propano. Los mecheros tenían cacerolas. La actividad cesó cuando entré yo; los tenedores quedaron a mitad de camino. Ponytail apareció por detrás de mí y la tensión se relajó; todos siguieron comiendo.

—Parece que todavía queda algo de comida —dijo Ponytail, levantando la tapa de una de las cacerolas. El olor a algo sabroso casi me hace desmayar y me tuve que sostener de una mesa. Él me alcanzó un bol de metal y una cuchara. Luego, con un cucharón, llenó el bol con algo que parecía un guiso de frijoles a la ranchero. Tomó una pila de tortillas y las puso sobre mi bol, y me llevó a una sección libre de la mesa. Antes de unirse a mí, llenó dos tazas de café caliente y se acercó.

Ataqué con ganas mi primera comida real desde el mini desayuno en el hotel de las afueras de San Diego. Rellené una tortilla tras otra con los frijoles más deliciosos que hubiera probado nunca. Al menos, lo eran en ese momento. Creo que si me hubieran dado cartón con salsa me hubiera encantado también. Ponytail me miraba divertido. Yo lo ignoré y me dediqué a comer a toda velocidad.

Cuando limpié la última gota de salsa de mi bol, me senté y miré a mi alrededor. Ahora que no tenía que preocuparme por morir de hambre, la mente se me despejó y me di cuenta de que no sabía en dónde estaba.

—Gracias por el desayuno...perdón, ¿cuál es tu nombre? —pregunté a Ponytail.

—Llámame Pascal —contestó—. De nada.

—¿Es esto una especie de enclave pseudomilitar o algo así?

Pascal permaneció callado por un momento. —Lo único que necesitas saber es que somos los buenos. A pesar de que...—se acomodó en la silla—...no somos, diríamos, ortodoxos.

—Quieres decir, sin supervisión del gobierno, ¿no?

Pascal me miró y no respondió.

Yo me acerqué y le sostuve la mirada. —Entonces, ¿qué es lo que ustedes, los buenos, hacen? Es decir, ¿además de rescatar a mujeres estadounidenses de la inmensidad de la jungla?

Él frunció el entrecejo. —Quinn va a decidir si te contamos más o no.

—¿Quinn es el Rottweiler que me encontró?

—Buena comparación —tomó su café—. Sí, el Rottweiler.

—Me imagino que él es el mandamás, ¿no?

Pascal asintió. —Él es nuestro Jefe de Operaciones —se tocó la mandíbula y frunció más el entrecejo—. Esto no es un juego, Beyoncé, o quien quiera que seas. Tienes que permanecer apartada hasta que uno de nosotros pueda llevarte a Tabai.

—¿Y cuándo será eso?

—No puedo decirte. Tienes que tener paciencia.

—Claro. —Paciencia, claro, podría ser.

—¿Ya estás satisfecha? —preguntó.

—Sí, gracias. Me siento como un ser humano otra vez.

—Bien. Te mostraré tu habitación.

Pascal se puso de pie y yo lo seguí. Puse el bol y la cuchara donde me indicó y volví a servirme café. Salimos de la carpa comedor y fuimos a una de las chozas del perímetro. Abrió la puerta y entramos.

La estructura tenía piso de tierra y un techo alto de paja. Había una hamaca verde que colgaba de una viga en un extremo, con un área para cocinar en el otro lado. En el piso había tres piedras grandes con una pava. En un rincón, un contenedor de plástico con una tasa de plástico a modo de vaso. A pesar de la creciente temperatura del exterior, adentro de la estructura estaba fresco y oscuro.

—Esta será tu pocilga, perdón, tu habitación hasta que te llevemos a la ciudad. El agua está allá —señaló el contenedor del plástico del rincón—. Y hay una letrina dos filas más allá —dijo, señalando. Sus mejillas se ruborizaron—. Lo lamento, pero es la única que hay. No hay mujeres aquí.

—Es más que suficiente, Pascal. Gracias. Voy a estar bien.

Él sonrió y me tendió la mano. Yo extraje la mía del bolsillo y nos dimos un apretón de manos. Cuando lo hice, la figurilla del jaguar se me cayó al piso.

—Ah, me había olvidado de esto —dije, y me incliné para recogerla.

—¿Puedo? —preguntó Pascal.

—Por supuesto. —Se la di y él la acercó a la luz, igual que lo que había hecho yo el día anterior.

—*B'alam* —dijo, mirando con atención a la piedra tallada—. ¿Dónde encontraste esto?

—Cerca del cenote. Lo encontré de casualidad. Es hermoso, ¿no?

Pascal asintió, estudiando la figurilla. —Los jaguares tienen mucho poder. El hecho de que uno te visitara anoche es significativo.

—Más bien, yo diría que me dio un susto del demonio y que esa fue la razón principal por la cual acepté venir con ustedes.

Él sacudió la cabeza. —No hay por qué tener miedo —dijo,

más para él que para mí. No entendí lo que quiso decir, pero me pareció imprudente presionarlo. Me devolvió la figurilla y su expresión se volvió impenetrable, como si una cortina se hubiera cerrado ante a sus ojos.

—Puedes andar por aquí, pero dentro del campamento —ordenó—. La comida es a las doce y a las seis. Probablemente, Quinn venga a hablar contigo antes de la noche.

Bueno. Yo no esperaba con ansias una conversación con Rottweiler. Mis sentimientos debieron reflejarse en mi cara, porque Pascal siguió.

—No es tan malo como piensas. Si no fuera por él...—se detuvo—. Si quiere hacerlo, te contará. Si necesitas algo, házmelo saber. Mi choza es la siguiente en la fila.

—Gracias, Pascal. Agradezco tu ayuda.

Con eso, él se fue.

Volví a poner el jaguar en mi bolsillo y miré la choza, intentando no hacer caso de los sentimientos que me inundaban ahora que estaba sola. El lugar era fresco y con sombra, y la hamaca me iba a permitir estar lejos del piso de la jungla y de los enormes y temibles felinos. Y de Salazar.

Por ahora.

¿Qué más podía pedir?

9

———

EL ENCUENTRO CON QUINN no sucedió.

Como no tenía nada que hacer, salí a caminar por el campamento, con la idea de ver si podía deducir a qué se dedicaban estos hombres. Luego de unos minutos, algún tipo de señal que no entendí provocó una respuesta frenética, una actividad ensordecedora, como si se hubiera desatado el infierno. Hombres vestidos de fajina con armas cruzadas en la espalda pasaron a toda velocidad junto a mí y se dirigieron al centro del campamento. Los seguí hasta un lugar donde parecía el punto de reunión. La multitud hervía de adrenalina y excitación. Hablaban en diferentes lenguas, pero predominaban el español y el inglés. Permanecí algo apartada, intentando captar partes de la conversación sin que me vieran.

Quinn estaba al frente, consultando un documento, con un perro a cada lado. Los hombres que se acercaban al grupo ya eran pocos, y la conversación cesó. Yo estaba tan fascinada como los demás. Blondie se inclinó para decirle algo a Quinn, quien levantó la vista y evaluó al grupo.

Evidentemente satisfecho, Quinn dobló el papel, lo guardó en el bolsillo frontal de su chaqueta, y enfrentó al grupo.

—Escuchen. Acabamos de recibir confirmación sobre el paradero de cierto miembro de alto rango del Área Siete —los murmullos se incrementaron y Quinn levantó la mano. La conversación cesó de golpe—. Partimos a las tres de la mañana.

Más susurros se oyeron mientras los hombres discutían el desarrollo de los eventos. Blondie se llevó los dedos a la boca y sopló, emitiendo un agudo silbido que se oyó en todo el campamento. Todos se quedaron callados. Quinn continuó.

—No podemos dejar pasar esta oportunidad —escaneó con la mirada a la multitud; sus ojos pasaban de hombre a hombre. Parecía que me estaba mirando a mí, pero luego, siguió—. Para esto nos estuvimos entrenando. Todo el sudor y la sangre, todos los sacrificios tienen sentido esta noche. Si llevamos esto a cabo, le asestaremos un golpe tremendo a la jodida bestia.

Los murmullos de anticipación abarcaron a toda la multitud. Vi a Pascal de pie en la parte de atrás, cerca de mí, y caminé hacia él.

—¿Área Siete? ¿Bestia jodida? Pascal, en serio, tienes que decirme qué está sucediendo. ¿Qué mierda están por hacer?

—Por lo que veo, parece que no te encontraste con Quinn —dijo. Cuando le dije que no con la cabeza, me llevó hacia un lugar más apartado—. Estamos aquí para hacer que esta área sea más segura. Eso es todo lo que puedo decirte.

—¿Esto no tiene nada que ver con un cártel de drogas?

Pascal se encogió de hombros y miró para otro lado, nuevamente bajando esa cortina de hermetismo.

—¿Ustedes son miembros del ejército mexicano? —Me imaginaba que no, porque no me habían devuelto a Salazar.

Pascal me miró como si yo estuviera loca. —No.

—¿DEA?

Pascal miró hacia el horizonte. —Oficialmente, no.

—¿Entonces de manera no oficial?

—Podría decirse —se volvió hacia mí, con expresión seria—.

Mira. Te dije todo lo que podía decirte. Más de lo que debería. Si Quinn lo considera necesario, él te contará el resto. —Empezó a irse y lo tomé del codo.

—Espera un minuto. ¿Recuerdas cómo me ofendí cuando Quinn insinuó que yo era uno de los infelices juguetes del cártel?

—Sí, claro.

—Bueno, lo fui —exhalé y me di coraje para continuar, no acostumbrada a lidiar con mi pasado tan rápidamente. Mucho menos con un extraño—. Diez años atrás, testifiqué contra Roberto Salazar. Mi testimonio lo llevó a prisión.

Pascal frunció el ceño. —¿Entonces, por qué estás en México? Tendrías que estar lo más lejos posible de ellos.

—Salazar tenía otros planes —se me ocurrió una idea y le pregunté—: ¿Fueron ustedes los que atacaron ayer el complejo de Salazar?

Ladeó la cabeza. —¿Salazar? ¿No querrás decir Morales?

—No sé quién es Morales, pero yo estaba cautiva en la hacienda de Salazar. Al menos, pensé que era suya. Escapé durante el ataque.

—La hacienda de *Salazar*... —Pascal me tomó del brazo y me empujó hacia la multitud—. Tienes que hablar con Quinn.

Cuando llegamos a él, Quinn estaba dando algo parecido a mapas topográficos a un grupo de hombres en ropa de combate.

—Quinn, tienes que oír esto.

Cuando Quinn miró y se dio cuenta de que yo venía con Pascal, su expresión pasó de alerta a precavido. Cruzó los brazos sobre el pecho y se inclinó hacia atrás, claramente molesto por la interrupción.

—Más vale que sea algo importante, Pascal. ¿Qué tiene para decirnos la Señorita *Beyoncé*?

—Dice que ayer estaba prisionera en la hacienda de *Salazar*.

La expresión de Quinn pasó de la irritación a un interés cauteloso, y preguntó: —¿De Roberto Salazar?

Pascal asintió.

Se mofó y se dio vuelta. —Salazar está lejos de Sonora. No tengo ninguna información de que esté por esta zona —dijo por sobre el hombro.

Caminé y me posicioné delante de él, cruzándome de brazos, igual que él.

—Bueno, más vale que lo crea, porque está aquí.

Quinn frunció el ceño y lo miró a Pascal. —¿Tú le crees?

—Pregúntale cosas. Ella dice que el lugar donde la tenían prisionera fue atacado ayer. Pensó que fuimos nosotros —Pascal y Quinn intercambiaron una mirada que no pude descifrar.

Quinn se volvió hacia mí. —Muy bien. ¿De dónde conoces a Salazar?

—Como le dije a Pascal, testifiqué en su contra hace unos diez años, y con eso ayudé a su encarcelación. Desde entonces, él ha estado intentando matarme. —No pensé que fuera necesario decir que yo le había robado dinero. No había sido algo muy brillante de mi parte.

—La cronología coincide —dijo Pascal—. ¿No mencionó la DEA que una mujer estadounidense ayudó a sentenciarlo?

Quinn asintió, mirándome a los ojos. —Sí. Según ellos, ella está viviendo en algún lugar de los Estados Unidos.

—Vivo en los Estados Unidos —dije.

—Es un lugar grande. ¿Cómo te encontraron?

—No lo sé. Me mudé varias veces. Fui bien al norte, hasta Alaska, luego al sur, a Hawái, y los últimos cinco años he estado viviendo en una diminuta ciudad en Arizona del norte. Me cambié el nombre, el pelo y me distancié de mi familia. Pero me encontraron.

Por la expresión de Quinn, veía que no me creía. —¿Cambiaste tu nombre por el de Beyoncé?

Lo miré con frustración. —Mi nombre no importa. Sin embargo, si tienes que saberlo, la mayoría de mis amigos me llaman Kate. Mira. Ya te dije algo que no sabías. Salazar está aquí, en Yucatán, y es obvio que está metido en una especie de conflicto que me imagino que será un cártel local que no lo quiere aquí. Eso solo tendría que bastar, ¿no? Digo, ¿por qué está aquí en vez de hacer el trabajo de campo para *El Castillo*?

—No hay ningún informe que indique que El Castillo esté operando en esta región —Quinn miró su reloj—. Tenemos tiempo de chequear su historia antes de salir —le dijo a Pascal. Luego me señaló con la cabeza—. Tú, ven conmigo y decidiré si lo que dices cambia el plan. Uno de nuestros hombres trabajaba para *El Castillo* y conoce muy bien a Salazar. Él podrá verificar si lo que dices es verdad.

10

SEGUÍ A QUINN a su habitación. El lugar parecía decorado por "Espartanos anónimos": una cucheta de metal oxidado contra el lado derecho de la carpa, con la sábana estirada con firmeza y los bordes bien metidos bajo el colchón. Si hubiera arrojado algo, habría rebotado hasta el techo de lo firme que se veía.

Había una linterna sobre un gancho de plástico. Cerca de la cama había una bolsa de lona con un círculo rojo y los números 1-7 escritos con tinta. El resto de la decoración consistía en una vieja mesa de juego de plástico y tres sillas.

Y una caja de madera llena de armas.

Blondie estaba sentado en una de las sillas junto a la mesa, limpiando las armas. Los dos perros estaban en el suelo, a su lado. Nos miró entrar y sonrió.

—Bueno, pero si es *Beyoncé* —se rio cuando vio mi mueca—. ¿Por qué no dices tu verdadero nombre así puedo ponerte un sobrenombre apropiado? —puso la pieza que estaba limpiando sobre la mesa y tomó otra—. Aquí todos tienen uno.

—Kate.

Blondie pensó por un momento, y luego dijo: —Serás Yucatán Kate.

Tenía su atractivo. —¿Cuál es el tuyo? —pregunté.

—One Shot (Un Tiro)

—No voy a preguntarte por qué.

Él se rio. —Es mejor.

Quinn se movió hacia la mesa y tomó una silla, haciéndome señas para que me sentara, lo cual hice. La carpa se abrió y entró un hombre de pelo oscuro, de unos treinta años.

—Siéntate, Lalo.

Lalo asintió y se sentó, con la vista fija en mí. Él también tenía los pantalones cargo de camuflaje, pero llevaba una remera negra con una foto de Bob Marley, en vez de la típica remera verde. Me sentí incómoda por la manera en que me inspeccionaba, y lo miré fijo, con la esperanza de que dirigiera su atención hacia otro lado. Lo hizo.

—Lalo, te pedí que vinieras para escuchar la historia de esta mujer y decirme si lo que ella dice es cierto —Quinn se volvió hacia mí—. Lalo era un hombre de confianza de *El Castillo*, el cártel formado en Sonora y administrado por Leonardo Díaz. Fue así, hasta que se unió a nosotros. —Quinn le hizo una señal. Lalo levantó el mentón y me volvió a mirar. El machismo le brotaba por los poros, y me pregunté qué habría sucedido para que cambiara de equipo en el medio del partido.

Quinn continuó. —Tú ya sabes que *El Castillo* absorbió las operaciones de Roberto Salazar mientras Salazar estaba en prisión.

Asentí.

—Lo que tal vez no sepas es que Díaz hizo una jugada exitosa con dos de los cárteles más chicos que operaban en Sonora. Está consolidando la base de su poder y se ha convertido en un jugador de los grandes en el norte de México —me miró intensamente—. Si lo que me contaste es cierto, que

Salazar está aquí, eso quiere decir que Díaz se está expandiendo y que va a haber mucha más actividad.

La mirada de Lalo vaciló apenas, pero noté algo parecido al miedo que apareció en su cara. En seguida lo reemplazó por una mirada de confianza. Su reacción me era familiar, y creo que podía adivinar por qué dejó a *El Castillo*. Los cárteles no lo pensaban dos veces cuando tenían que eliminar a los enlaces débiles. Por alguna razón, a Lalo lo habían etiquetado así, y decidió que lo mejor que podía hacer era unirse al grupo paramilitar que Quinn había creado.

Fuera lo que fuera que ese grupo era.

Quinn me hizo una seña con la mano. —Tienes la palabra, Kate.

Me aclaré la garganta y miré a Lalo a los ojos. Él me devolvió el favor.

—Viví con Roberto Salazar durante tres largos años —vi sorpresa en sus ojos, pero solo por un momento, porque en seguida volvió su mirada vacía—. Sin entrar en mucho detalle, me escapé. Para salir a salvo de México, colaboré con la DEA y los Estados Unidos, testificando contra Salazar y otro hombre. Mucha gente murió antes de que eso sucediera.

Tomé aire. Recordar eso no me resultaba fácil, ni siquiera después de tanto tiempo.

—Desde entonces, Salazar ha intentado matarme. De hecho, yo era su huésped ayer a la mañana en una hacienda que está a poco menos de dos días de caminata desde aquí.

—¿Cómo es que ahora estás aquí? —preguntó Lalo, ahora con interés.

—Alguien atacó la hacienda con disparos y explosivos, y escapé en medio del caos —miré a Blondie y a Quinn—. Evidentemente, no era su operación. Supongo que fue el ataque de un cártel rival que intentaba detenerlos.

—Entonces, los rumores son ciertos —Lalo sacudió la

cabeza—. Nunca pensé que una mujer iba a ser capaz de hacer lo que dicen que hiciste. Tu traición hizo quedar a Salazar como un hombre débil. Él no es de los que perdonan con facilidad —me miró con renovado interés—. Cuéntame de la madre de Salazar. Él escucha lo que ella le dice, ¿no?

—Como tú lo sabrás muy bien, la madre de Roberto Salazar murió hace tiempo. Él no escucha a nadie, mucho menos a una mujer; otra razón por la cual escapé. —Una infracción menor en mi larga lista de razones para escapar. En cualquier relación normal, hubiera sido suficiente para mí pedir perdón.

Lalo asintió, aparentemente satisfecho. —¿Cuál es el nombre del yate de la familia?

—*El Beso de la Vida* —contesté. Durante el tiempo que estuve con Salazar, las escasas vacaciones que pasamos en el crucero de noventa pies fueron de las más felices. Probablemente, porque yo todavía estaba ciega sobre su verdadera naturaleza y no me había dado cuenta de que era un psicótico.

La ingenuidad tiene su lado bueno.

—Todo lo que ella dice es correcto —dijo Lalo a Quinn—. ¿Pregunto más?

—Algo personal —pidió Quinn.

Lalo se sentó por un momento, con el ceño fruncido, pensando. Luego dijo: —¿Cuál es su comida favorita?

Sin dudarlo, dije: —Macarrones con queso, de Kraft, con salsa habanero.

Blondie hizo una mueca: —¿En serio? ¿Comida enlatada?

—Eso es verdad —dijo Lalo, con una señal a Quinn.

—Siempre sabía cuando él tenía un mal día. Hacía que la cocinera preparara una olla gigante, que quedaba vacía por la mañana. —Todos habíamos aprendido a desaparecer cuando tenía una de esas tardes. Por lo general, él terminaba una botella de tequila junto con la pasta y luego tomaba su arma favorita y disparaba contra todo lo que se movía.

—Gracias, Lalo. Has sido de gran ayuda. —Quinn salió de la carpa, murmurando algo que no entendí. Blondie dejó de limpiar las armas y ladeó la cabeza.

—Entonces, pasaste mucho tiempo con Roberto Salazar.

—Sí. Una elección poco afortunada.

—Me lo imagino. Bueno, Kate, hoy nos has dado una buena información. Podría haber sido una operación desastrosa, por no saber en qué nos metíamos —tomó el cañón del arma de la mesa y lo inspeccionó—. Parece que tendremos que dar marcha atrás y reagruparnos.

Quinn volvió a entrar a la carpa, con un papel enrollado bajo el brazo.

—Voy a posponer la operación hasta nuevo aviso.

Blondie asintió, ensamblando el arma. —Correcto, jefe —se puso de pie y fue hacia la entrada—. ¿Quiere que les dé una explicación o solo digo que se pospone por circunstancias imprevistas?

—Circunstancias imprevistas. Voy a informar a todos en cuanto tenga más información —se volvió hacia mí—. ¿Crees que puedes encontrar esa hacienda en un mapa?

—Lo intentaré —vi que Blondie se fue—. Si todos aquí tienen un sobrenombre, ¿cuál es el suyo? —pregunté.

—Los hombres me llaman Q.

Me sorprendió, y tuve que reprimir las ganas de preguntarle por qué no Duke o Killer o algún otro nombre de perro asesino. Pero era de esos sujetos que es mejor tenerlos de amigos y de buen humor, si es que tenía algo.

—Entonces, ¿cuál es la historia de Lalo? ¿Cómo saben que pueden confiar en él?

—Lo sé —Quinn se acercó a la mesa y desenrolló el papel, que era un mapa topográfico de la jungla que nos rodeaba. Señaló una sección marcada con un puntito verde—. Estamos aquí —movió el dedo a la izquierda y se detuvo—. Te encontramos en el cenote, aquí.

Miré el mapa y tracé un sendero con el dedo, hacia el oeste, con la esperanza de acercarme al lugar de donde había escapado. —No estoy segura de la distancia que caminé, pero empecé a la mañana, bien temprano, y no me detuve hasta bien entrada la tarde. Digamos entre ocho o diez horas. Tampoco estoy segura de si me moví en línea recta. Fui hacia el este, hacia donde me parecía que podía encontrar una ruta, pero tuve que rodear algunos obstáculos.

—¿Viste algún lago?

—No.

—Bien. Muchos de los lagos por aquí son el hogar de *Crocodylus moreletii*, o cocodrilo de Morelet. No tienen piedad con los humanos. Pero nos habría dado pistas sobre la hacienda de la que hablas. Hay tres en esa distancia.

—¿Tienes fotografías aéreas del área? Tal vez podría reconocer algo.

Quinn fui hasta su litera, se agachó y extrajo una caja de plástico duro de color negro. La trajo a la mesa, la abrió y adentro había algo parecido a una enorme computadora portátil. Esperé a que abriera la tapa y la iniciara.

—¿Imagen satelital?

Quinn asintió, mirando la pantalla. Escribió una contraseña y luego cliqueó en un ícono y escribió unas coordenadas. La imagen hizo zoom hasta quedar en foco, y apareció una vista aérea del campamento.

—¿Puedes alejar el zoom de a poco?

Él toco una tecla y la imagen se expandió e incluyó los alrededores. Reposicionó el área de foco y señaló un área llena de árboles con algunos claros.

—Ahí fue donde te encontramos.

Me incliné y miré el terreno con atención, prestando atención a la forma evidente de las ruinas. —¿Puedo? —pregunté, tomando el teclado. Él me lo acercó y yo expandí más la imagen. Finalmente, las formas empezaron a resultarme conocidas. Me moví un poco más al oeste y llegué a un área que se veía borrosa. Todo lo que había alrededor estaba bien en foco. Señalé a la pantalla. —Debería ser allí.

Quinn tomó el teclado y cambió el ángulo de visión, acercando y alejando la imagen, intentando encontrar algo tangible, pero no encontró nada.

—Estoy segura de que es allí. Yo no hubiera podido caminar mucho más que eso.

—Conozco el rancho, pero tenía idea de que el lugar ha sido administrado por generaciones de una familia con raíces en España. Quienquiera que sea el dueño del lugar pagó para quedar escondido de las fotos satelitales.

—¿Eso no costaría muchísimo dinero?

Quinn asintió. —O influencias.

Escribió las coordenadas y me alcanzó un papel cuadriculado.

—Dibuja una vista aérea de la hacienda. Incluye todo lo que recuerdes, todo lo que sepas sobre el terreno y los edificios.

Tomé el lápiz e hice un boceto de lo que recordaba.

—Ellos me encerraron en un edificio de cemento, por aquí —señalé mi dibujo del bunker de concreto donde los matones de Salazar me habían llevado—. Había sido utilizado como algún tipo de vivienda, pero no recientemente. El camino principal lleva a la entrada, precedida por varios escalones. Mi guardia usó una radio para llamar a Salazar y hacerle saber que estábamos allí.

—¿Cómo era esa radio?

—Parecía profesional. No era algo manual, si eso es lo que quieres saber. Era similar al equipo que usa la policía.

Quinn asintió. —¿Viste alguna computadora?

—Sí, pero no estoy segura de la marca. La entrada se abría en dos y daba a un patio interno decorado.

—Continúa.

—Una vez que el guardia recibió la orden de continuar, bajamos unos escalones y doblamos a la derecha. Luego seguimos un sendero bastante largo que lleva a lo que supongo será su oficina. —Indiqué en el dibujo el edificio anexado donde había estado con Salazar y los otros.

—El custodio de Salazar nos hizo pasar. Había un escritorio con una computadora portátil y un teléfono frente a una pared llena de libros. —A medida que iba recordando a Salazar, Angie y Sterling sentía que me hervía la sangre. Qué lástima que el otro cártel se equivocara de edificio cuando atacaron el lugar.

—Cuando los guardias me llevaban de vuelta al primer edificio, se desató el infierno y me encerraron en una especie de cobertizo abandonado y se fueron a ayudar —señalé con el dedo en el dibujo—. Por suerte, el lugar estaba construido en madera, y parte de la pared estaba podrida. Hice un agujero y escapé.

—¿Viste cámaras o equipo de vigilancia?

—Por todos lados.

—Muéstrame en el mapa. ¿Puedes describirlos?

Hice unas X donde había visto cámaras, y las fui describiendo. —¿Piensan atacar la hacienda?

Silencio.

—¿Van tras Morales, también?

Silencio. Otra vez. Se sentó y me miró fijo.

Frustrada, me puse de pie. —¿Cuándo me van a llevar a la ciudad?

—Voy a hacer que mis hombres chequeen tu información de inmediato. Mientras tanto, tendrás que permanecer aquí. No puedo dejar que nadie se vaya ahora que es posible que *El*

Castillo esté haciendo una movida en la zona. Necesito a todos aquí.

Empecé a protestar, pero luego lo pensé mejor. Mi expresión me debe haber vendido, porque su cara se endureció, y reapareció el Rottweiler.

—Parece que tendrás que aguantar y esperar a que lidiemos con este nuevo desarrollo de los hechos. Lo lamento.

Él no lo lamentaba para nada. Sentí que iba a perder los estribos e intenté contenerme y no abrir la boca. Fallé.

—¿Me podrías decir qué es lo que hacen ustedes? Mira, creo que he cooperado bastante. ¿No merezco saber en qué están metidos? Necesito que me digan con quién estoy y en qué estoy metida.

Quinn volvió a guardar la computadora y cerró la caja con un gruñido.

—Te diré una cosa: todos estos hombres están comprometidos a eliminar los cárteles que operan en este país y a liberar a los oprimidos.

—¿Y el gobierno mexicano no está comprometido?

Él emitió una especie de soplido. —Algunos lo están; otros, no. Somos una fuerza de apoyo. Cuando las manos de los gobiernos están atadas, o digamos, no son eficaces, entramos nosotros y hacemos el trabajo.

—¿El gobierno sabe de la existencia de tu grupo?

—Intentamos mantener un perfil bajo. La corrupción es la norma. De manera oficial, ellos sancionan a los grupos sobre los que tienen algún tipo de control. Nosotros operamos por fuera de ese control. La DEA, ICE, CIA y el resto de los grupos son lo mismo. Ellos no aprueban nuestras tácticas.

No le iba a preguntar de qué tácticas hablaba. Ya había tenido demasiada experiencia con tácticas no oficiales. Demasiado para mí.

—¿Por cuánto tiempo han...?

—Se terminaron las preguntas y respuestas. —Quinn puso su mano sobre el respaldo de mi silla, indicando así que era el fin de nuestra conversación.

Así de rápido como me había indignado, así de rápido me calmé. Me puse de pie y caminé hacia la puerta. Cuando estaba por salir, me di vuelta.

—Me gustaría ayudarlos.

Quinn me miró de reojo, con el ceño fruncido. —¿Quieres hacer qué cosa?

—Dije que me gustaría ayudar.

La risa de Quinn sonó como un ladrido. Rottweiler estaba de vuelta.

—¿Qué se supone que haría yo con una mujer que no tiene experiencia de combate? ¿Arropar a mis hombres a la noche? ¿Contarles cuentos? —Sacudió la cabeza, haciendo evidente que yo no sería de ninguna ayuda, caminó hasta la cama y volvió a poner la portátil debajo del mueble.

—Viví con Salazar durante tres años. Puedo identificar a varios de sus socios actuales. Sé cosas que ni yo me doy cuenta de que las sé. Hazme preguntas, oblígame a recordar.

Quinn continuó ignorándome y yo seguí presionando.

—Vamos, Quinn. Puedo serte útil. Lo sé.

Se detuvo y me miró. —Digamos que tienes más de lo que me diste y que puede serme útil; ¿qué es lo que quieres a cambio?

—Él es responsable de muchas cosas malas, no solo en mi vida —dudé, porque sentía que se me iba a quebrar la voz—. Quiero dejar de huir, dejar de tener miedo. Pero sobre todo, quiero que él y su gente paguen por lo que hicieron.

AL DÍA SIGUIENTE, Quinn llamó a varios de sus hombres y empezaron a armar un plan de ataque al complejo del cártel rival. Mientras discutían la operación, un hombre que no había visto antes caminó hasta el frente del grupo y se inclinó para hablar con Quinn en privado. Quinn me miró y luego miró al sujeto. Asintió y el nuevo integrante se unió a los hombres. Quinn se aclaró la garganta para llamar la atención.

—Ramírez me acaba de informar que una hacienda local, en la que recientemente se alojó un tal Roberto Salazar con varios de sus soldados, ha sido atacada. Creemos que lo más probable es que haya sido la gente de Morales.

Qué bueno saber que mi historia había sido verificada. Quinn me hizo un gesto afirmativo tan rápido que fue casi imperceptible.

—Además —continuó—, se cree que Salazar y compañía han repelido el ataque. —Se oyeron muchos quejidos entre los hombres, pero Quinn levantó la mano y se hizo silencio.

—Se están reagrupando y probablemente vayan a contraatacar. No sabemos si le ha pedido refuerzos a Díaz. Me inclino a pensar que todavía no lo ha hecho, porque eso sería como admitir que no está a la altura de las circunstancias y Díaz lo descartará de inmediato, ahora que tiene a los hombres de Salazar bajo el pulgar —Quinn siguió, muy tenso—. La mierda se está calentando, caballeros. Vamos a tener que adelantar la fecha de ataque, porque esto se podría convertir en una sangrienta guerra de todos contra todos, una guerra de proporciones inimaginables.

—¿Por qué no dejamos que los bastardos se maten entre ellos? —preguntó un sujeto alto, con el tatuaje de una calavera con llamas saliendo por los ojos en su brazo—. Digo, mierda, que peleen entre ellos.

—Sí, y eso ha funcionado tan bien en México —dijo Pascal, levantando las cejas. Un par de hombres se rieron.

Quinn sacudió la cabeza. —No podemos quedarnos sentados sin hacer nada. Una vez que corra el rumor, otros cárteles van a venir como buitres, para intentar quedarse con lo que tenían los más débiles. Tenemos que atacar ahora y eliminar a esta porquería y después, seguir con los que se acerquen al área.

—¿Cómo quieres hacerlo? —preguntó Blondie.

—Primero, monitoreamos los movimientos de Salazar. Cuando el ataque al complejo de Morales sea inminente, entramos en escena, atacamos a los dos grupos y eliminamos la mayor cantidad posible de hombres.

—¿No es lo que dije yo? —preguntó Skull Boy (Hombre Calavera).

—No, no lo es. Tú sugeriste que se eliminen mutuamente sin que nosotros interviniéramos. Eso no solo podría llevar más tiempo, sino que hasta podrían unirse. Lo que yo sugiero es que los ayudemos un poco; que aceleremos el proceso, digamos. Escucho opiniones.

—¿Qué sucederá cuando se den cuenta de que hay otro

grupo interviniendo en el proceso? —preguntó un hombre de pelo oscuro que estaba a la izquierda de Quinn—. ¿No les daría eso un motivo para unir fuerzas, al menos hasta neutralizar la amenaza?

—Por eso vamos a dejar una tarjeta de visita que va a apuntar a Salazar y *El Castillo* —dijo Quinn—. Suponiendo que son piezas fundamentales del lado de Morales, mientras piensen que el ataque vino de Salazar, no va a ser difícil

—Quinn miró a todo el grupo—. Así que, pónganse sus bonetes de pensar, niños y niñas, porque necesitamos algo específico de Salazar que sea reconocible de inmediato. Digamos, una táctica con la que se lo identifica, un tipo de arma o de explosivo...algo que lleve la firma de Salazar.

Todos proponían ideas y discutían, y las desechaban o las anotaban para considerarlas más tarde. Yo permanecía en silencio: prefería mirar y escuchar. Era evidente que todo el grupo tenía mucho respeto por Quinn, y parecía que el sentimiento era recíproco. Era lo más cercano a una democracia que hubiera visto antes; todas las voces eran respetadas y tenían la misma oportunidad para intentar persuadir a los demás. Quinn era un líder natural y mi respeto hacia él empezó a crecer.

Luego de una larga discusión, y de haber considerado hasta los peores escenarios, Quinn se volvió hacia mí. —Kate, tú conoces a Salazar mejor que ninguno de los que estamos aquí. Quiero oír tu opinión. ¿Cómo podemos hacer para que parezca que solo él es el responsable del golpe?

—De hecho, tengo una idea —el grupo se abrió para darme lugar, y caminé hacia ellos—. En los días en los que Salazar era el jefe indiscutido y estaba consolidando su poder en Sonora, hizo que todos sus soldados se hicieran el mismo tatuaje en la parte izquierda del cuello; así, en una pelea o en un ataque, serían reconocidos con facilidad. Había hecho que alguien diseñara el mismo dibujo para todos: una serpiente de cascabel enroscada comiendo un escorpión.

A Lalo se le iluminaron los ojos. —He visto ese tatuaje. Todavía se lo exige a los hombres que trabajan para él.

—Así, una vez que vean los tatuajes, los hombres de Morales van a pensar que son los hombres de Salazar, y los hombres de Salazar van a dudar antes de disparar, y eso les dará una chance a sus hombres.

Ante la aprobación de Quinn, la energía del grupo cambió de manera evidente. —¿Crees que puedes replicar ese tatuaje? —todos me miraron. Yo dije que sí.

—Haré lo mejor que pueda, pero digamos que no soy Picasso.

Recordé que me había parecido que había visto el mismo tatuaje unos años atrás, en la costa norte de Oahu, y eso me había conmocionado. Si tan solo por ver un tatuaje yo reaccionaba así, me imaginaba que todos los que estaban familiarizados con el dibujo lo reconocerían de inmediato. En esos días, yo había memorizado el diseño, consciente de que, algún día me escaparía de Salazar y esos detalles podrían salvarme la vida. No iba a ser difícil falsificar el modelo. Si la serpiente se veía a la distancia o en el caos del combate, nadie notaría la diferencia.

—¿Qué necesitas que te alcance?

—Papel para practicar y marcadores.

***

Unas cuantas horas más tarde, los hombres que participarían de la operación tenían el tatuaje con la serpiente de cascabel y el escorpión. Skull Boy tenía experiencia con los tatuajes, y me sugirió que mezclara azul oscuro y verde para hacer que la tinta pareciera más realista. Estuve de acuerdo y le pedí que me ayudara. Los dos primeros que hice quedaron un poco temblorosos en comparación con el suyo, pero después de hacer unos cuantos, mejoré tanto que nadie podía notar la diferencia entre mi pintura y un tatuaje real, a menos que estuvieran muy cerca.

Al caer la tarde, el estrés de lidiar con todo lo que había pasado en los últimos días, sin mencionar la larga y calurosa marcha a través de la jungla, me quitó toda la energía y sentí la necesidad de dormir. Ya se habían acostado casi todos. Las próximas veinticuatro horas indicarían cuándo se lanzaría la Operación Demolición Hombre.

Mientras caminaba por el campamento, el débil brillo de los faroles de interior se filtraba por rajaduras en las paredes de las habitaciones de los hombres. Se sentía una falsa calma. Por la apariencia del lugar, más la aparente experiencia militar de Quinn, me imaginé que desarmar el campamento les llevaría poco tiempo, y que antes de que los cárteles se dieran cuenta los hombres de Quinn se escaparían.

El camino hacia mi choza pasaba junto a la carpa de Quinn, y miré hacia el interior. Ese hombre me daba curiosidad. ¿Cuál era su historia? ¿Por qué había decidido pelear aquí, en Yucatán, al borde de la ilegitimidad? ¿Por qué lanzarse a una guerra probablemente sin fin contra un enemigo tan inmoral y cambiante?

Yo entendía la frustración de Quinn ante la ineficacia de los intentos por detener los cárteles. Según mi experiencia, trabajar desde afuera de los parámetros de las entidades gubernamentales era tal vez la única táctica que tenía chances de lograr el objetivo de eliminar a los cárteles. Como la DEA, el ejército mexicano y otros grupos que peleaban contra ellos resultaban inoperantes por la fuerza de la opinión pública y por las leyes, sin mencionar el tener que luchar contra la corrupción endémica del gobierno mexicano. Me preguntaba qué lo habría llevado a Quinn a vivir como mercenario.

También me preguntaba de dónde provenían los fondos para mantenerlo.

No había nadie en la carpa. Seguí por el sendero, mirando el cielo nocturno, como un terciopelo salpicado de estrellas.

Con la lengua afuera, Aries vino hasta mí a olfatearme. El otro perro se le unió de inmediato, y les hice caricias a los dos.

—Aries, Artemisa. Vengan.

Los perros se dieron vuelta al unísono al oír la voz. Sorprendida, vi que Quinn me observaba a unos pocos metros de distancia, de brazos cruzados, parcialmente escondido por las sombras. Con una mirada cariñosa, los dos pastores alemanes se fueron con su amo. Quinn se inclinó y los acarició por detrás de las orejas. Luego me miró.

—Hiciste un buen trabajo, Kate.

Yo exhalé, relajándome. —Fue bueno contribuir con algo.

Incluso en la oscuridad, sus ojos tenían una intensidad tal que más de una mujer se habría desmayado. Eso no va conmigo. Él caminó hacia mí. No era mucho más alto que yo, pero su musculatura exudaba una fuerza masculina que era como una descarga eléctrica y que me atraía hacia su órbita.

Para no sentir la atracción, di un paso atrás. Se me vinieron a la mente inesperados recuerdos de Cole, y tuve que reprimir la súbita emoción que me invadió. Me aclaré la garganta e intenté sonreír.

—Una noche hermosa, ¿no? —dije, mirando las estrellas.

Él no respondió en seguida. Lo miré y nos quedamos así por rato, hasta que él apartó la mirada. Yo respiré aliviada.

—¿Cómo te convertiste en la mujer de Salazar? —me preguntó de golpe. Lo había juzgado bien: Quinn era del tipo directo; nada de cháchara; directo al grano.

Me ponía nerviosa.

Me encogí de hombros. —Una estúpida estudiante en la universidad se encuentra con un apuesto hombre latino con experiencia. La Estúpida Estudiante no se da cuenta de que el Apuesto Latino es el jefe de un cártel de drogas hasta que es muy, demasiado tarde —fui lo más directa que pude.

Quinn se quedó pensando un rato. Luego me preguntó: —¿Cómo hizo la Estúpida Estudiante para escapar del Apuesto Latino?

Recordé la noche en que mi vida cambió para siempre, y no al estilo de los cuentos de hadas. —Vi cómo Salazar degollaba a uno de sus mejores amigos por una infracción insignificante, y me di cuenta de que eso podría pasarme.

Intenté recordar cuál había sido la infracción, pero no pude. Salazar había mostrado muchos cambios rotundos de personalidad en esos meses, incluso una paranoia cada vez peor. Si no lo hubiera conocido, habría pensado que estaba consumiendo lo que vendía, al estilo *Scarface*. —Creo que la presión fue demasiado para él.

Unos segundos de silencio seguidos por una especie de risa. Me llevó un rato entender qué había dicho que era tan gracioso.

—No se anda con vueltas, ¿no? —dije, riendo también.

—Parece que te quedaste corta —dijo, secándose los ojos.

La risa me alivió la tensión que había sentido todo el día, y por fin sentí que empezaba a relajarme. Al parecer, a Quinn le pasó lo mismo.

—Tienes que entender algo acerca de Salazar, algo que no creo que haya cambiado en los diez años que hace que no estoy con él —dije.

Quinn me miró con curiosidad.

—Él podrá estar trabajando bajo el ala de *El Castillo*, pero solo le es leal a Vincent Anaya.

La sonrisa desapareció de su cara y ahora tenía una expresión de interés.

—Oí que Anaya se había salido del negocio, que vendió propiedades y conexiones a un multimillonario de los Estados

Unidos, por mucho dinero. ¿Por qué querría Salazar ser leal a alguien que no está más en el negocio del tráfico de drogas?

—Porque Anaya continúa controlando muchos negocios ilegales y sigue haciendo mucho dinero con eso. La razón por la que Salazar me hizo traer aquí en vez de hacerme matar, es porque él y Anaya habían ideado un plan para hacerme pagar... —dudé, porque no quería hablar del dinero—. Hacerme pagar por haber testificado en contra de ellos.

Quinn me miró como diciendo que era una explicación insuficiente, y entonces agregué: —Parece que se están dedicando a la trata de mujeres.

De golpe se me vino encima la realidad de lo que me había escapado y me pregunté: *¿Por qué mierda no estoy a años luz de aquí?*

Estaba empezando a entender la respuesta a esa pregunta.

12

AL DÍA SIGUIENTE, a la tardecita, Quinn, Blondie, Pascal y yo estábamos sentados en la carpa-comedor, tomando café y disfrutando de unos minutos de paz antes de la cena. La conversación giró en torno del informe más reciente que trajo uno de los hombres de reconocimiento de Quinn sobre Salazar y Morales.

—La observación inicial del complejo de Morales no arrojó ninguna señal del hombre; aparentemente, la defensa es muy endeble, sobre todo para anticipar un ataque de Salazar —Quinn miró a Blondie—. ¿Quieres encargarte de localizarlo y ver por qué es así?

Blondie asintió. —Seguro, Q.

Quinn continuó: —Tengo gente observando a Salazar en la hacienda. Hay evidencia que señala que está por hacer un movimiento contra el complejo de Morales muy pronto. Apuesto que será por la mañana. Agradecería cualquier cosa que puedas recordar sobre sus tácticas, Kate: cómo piensa, cuáles pueden ser sus debilidades.

Blondie me dio una fuerte palmada en la espalda, y casi escupo el café.

—Bien hecho, Yucatán Kate —tironeó del cuello de su camisa y señaló el falso tatuaje—. Esto los va a hacer pensar un rato, te lo garantizo.

—Claro que sí. Bien hecho —coincidió Quinn—. Cuento con que el factor sorpresa y los tatuajes van a generar una gran confusión al inicio de nuestro ataque, lo que nos dará el tiempo suficiente para sacar una ventaja táctica con los hombres de Salazar. En principio, ellos no se animarán a disparar a soldados que tienen la misma marca que ellos.

Yo no habría usado la frase "no animarse" para describir a los hombres de Salazar. Había tenido tiempo para pensar en el plan de Quinn, y mientras el resto del grupo discutía los detalles del ataque a Morales, empecé a sentir campanas de alarma. En los papeles, todo estaba bien, pero yo conocía a Salazar. Él no era de los que caían fácilmente en una trampa. En los últimos meses que pasé con él, su paranoia era tal que tenía espías colocados por todos lados. No iba al baño sin que antes alguien hubiera ido a chequear que no había explosivos. No creía que Salazar podía haber cambiado mucho en estos años.

—Supongo que no tengo que decirte que Salazar es hiperparanoico. No atacará el complejo de Morales sin haber enviado a alguien primero para inspeccionar el lugar —dije—. Es obsesivo al extremo, y no va a implementar un plan si no es perfecto. Y cuando digo un plan perfecto, me refiero a que lo va a revisar y analizar una y mil veces hasta que nada quede librado al azar. Yo sería extremadamente cautelosa con él. Casi nunca comete errores en sus operaciones tácticas.

Yo no sabía si estos hombres entendían con quién se estaban metiendo. Una cosa era el jefe de un cártel local; Salazar era algo totalmente diferente.

Quinn me miró como diciendo que no estaba agregando nada nuevo, y dijo: —Sé que Salazar es paranoico. Pienso usar eso para sacar ventaja. Su paranoia va a ser una razón para que él invite más personas a la fiesta. Así podremos eliminar más de sus hombres.

Decidí utilizar otra táctica: —Está bien. Digamos que ustedes triunfan en esta "gran limpieza" de los dos grupos adversarios. ¿Qué va a impedir que otro cártel, más poderoso, entre en acción y empeore las cosas? Se va a crear un vacío —esperé una reacción de Quinn, pero seguía impávido—. Eliminar a Salazar y a Morales es un principio, seguro que sí. Pero una vez que estén exterminados, probablemente lo que venga será algo peor —los hombres se quedaron en silencio y yo seguía pensando en voz alta—. Creo que mi pregunta es, ¿a dónde va a llevar esta operación? Para mí, parece un conflicto sin fin y sangriento que terminará con muertes en los dos bandos.

—Eso mismo piensa el gobierno mexicano. No ponen hombres ni dinero para luchar contra los cárteles, y los dejan crecer sin control —Quinn estaba muy convencido de lo que decía—. La única manera de eliminar a los cárteles es seguir ubicándolos y destruyendo sus centros operativos. Y eso incluye a sus hombres.

—Pero se van a multiplicar como termitas, y ustedes no son tantos. ¿Qué pasará cuando ustedes pierdan? —me crucé de brazos—. Les garantizo que van a tener bajas si es que todavía no las han tenido. Estos sujetos no son solo matones ignorantes, aunque sea verdad que tienen muchos de esos. Las organizaciones como la de *El Castillo* se están haciendo cada vez más sofisticadas, porque la cantidad de dinero que mueven es impresionante. Los van a sobrepasar en número y en ideas.

Los tres hombres me miraban y no decían nada. Yo aparté la mirada. Quinn se aclaró la garganta.

—¿Terminaste?

Asentí. —Eso creo.

—Bien —se puso de pie—. Entiendo tu punto de vista sobre la violencia de los cárteles mexicanos. Lo entiendo, Kate. Estás jugando a ser la abogada del diablo y lo aprecio. También entiendo de dónde vienes. Por alguna razón, sientes cierta responsabilidad hacia mis hombres y quieres estar segura de que no entren en esto sin analizar todas las posibilidades. Por eso, estoy agradecido. Pero —continuó—, tienes que entender que hace rato que estamos en el frente, y que para nosotros la única manera, y repito, la única manera de erradicar este problema es con el combate.

—No estoy de acuerdo.

Quinn se encogió de hombros. —Entonces, estamos de acuerdo en que no estamos de acuerdo. Cuando vengas con un plan lógico y detallado de cómo detener a estos tipos sin hacer lo que estamos haciendo y ese plan sea aprobado por todos, entonces seré todo oídos. Hasta entonces, eres bienvenida a ofrecer ideas o soluciones a lo que estamos planeando.

—Está bien. Entendido —mis ganas de pelear quedaron en modo avión; no quería ver a Quinn y sus hombres masacrados. ¿Cómo era posible que un grupo liderado por un hombre hiciera alguna diferencia en la proliferación de los cárteles mexicanos? Estaban destinados al fracaso. Cuanto más lo pensaba, más me daba cuenta de que el grupo de Quinn tendría una suerte más que increíble si volvían de esta misión sin bajas. Yo tenía que irme ahora—. ¿Cuándo me van a llevar a Tabai?

—Uno de mis hombres te llevará mañana al caer la tarde.

—Gracias. —Tomé el café y me puse de pie para irme. Pascal y Quinn intercambiaron miradas; los ignoré y salí. Pascal me siguió.

—Espera —me alcanzó.

Seguí caminando, pero más despacio.

—No te vayas así, Kate. Esta es su operación. Quinn vino a Yucatán hace tres años, y convirtió a este grupo en lo que es hoy. Nos entrenó a cada uno de nosotros de la manera que consideró más conveniente para luchar contra los cárteles —me tocó el brazo y yo me detuve—. Es efectivo. En los Estados Unidos, ¿con qué frecuencia oyes sobre la actividad del cártel en esta zona de México?

—Menos que de Sonora o Sinaloa.

—Eso es por él. Por nosotros.

Me quedé ahí, considerando lo que él me había dicho. Como la mayoría de los hombres de Quinn, Pascal no andaba con vueltas. Me sentía atraída a apoyar su causa, a querer ser parte de algo más que yo misma. Pelear contra esos bastardos en mis términos y no correr nunca más. Pero mi respuesta habitual era alejarme lo más posible de este tipo de problemas. Yo ni siquiera podía luchar contra el dolor por la pérdida de Cole; no podía pelear más.

—Mira, Pascal. Aprecio lo que están intentando hacer, y les deseo lo mejor a todos ustedes. Pero estoy cansada de estar del lado perdedor. Voy a desaparecer otra vez, y con suerte, esta vez podré construir algo semejante a una vida. Sí, sé que voy a estar siempre huyendo, siempre alerta. Y sí, va a ser un camino solitario, pero al menos seguiré con vida.

Pascal ladeó la cabeza. —Eso no es vida, Kate.

¿Dónde había oído eso antes?

Hora de cambiar de tema. Bebí un sorbo de mi café y estudié su nariz aguileña, la fuerte mandíbula, su frente y sus labios llenos. —Tu cara me recuerda a las estatuillas de guerreros mayas que vi en Chichen Itzá.

Él sonrió. —Soy maya.

Seguimos caminando por el campamento, y su voz suave era como un bálsamo para mi ansiedad.

—Acá trabajo como soldado y como médico —siguió—. Mis ancestros se establecieron en estas tierras muchos siglos atrás. Algunos eran chamanes y conocían los espíritus de la jungla y la medicina. Otros pertenecían a la clase guerrera, incluso las mujeres.

Debe haber visto mi cara de sorpresa, porque siguió. —Históricamente, los mayas reverenciaban a las mujeres por sus diferentes habilidades. Algunas eran guerreras; otras, sacerdotisas; muchas eran curadoras —miró hacia el interior de una de las carpas donde había un grupito de hombres jugando a las cartas—. Muchos hombres en este país tienen una visión diferente de la mujer. Una no tan buena, creo.

—Pero está cambiando de a poco, ¿no te parece?

Él se encogió de hombros. —Un poquito, supongo.

—¿Sabes mucho de las antiguas costumbres? Un hombre maya que conocí hace años me contó que estaba enseñando a sus hijos y nietos sobre las antiguas creencias, con la esperanza de que no desaparecieran.

—Sí. Mi padre era chamán y enseñó a todos sus hijos a comunicarse con el mundo de los espíritus.

De repente, me detuve y lo miré. —¿Lo que significa que sabes cómo hablar con ellos? —el corazón me latía más rápido. Tal vez él podría interceder con los malos espíritus que dominaban el presente de los que me había alertado el viejo maya—. Me han contado que yo tengo un par de malos espíritus que se niegan a dejarme en paz.

Pascal me estudió por un momento, sin contestar. Luego, cerró los ojos e inhaló profundamente, en completo silencio. Sus fosas nasales se movieron y se quedó mortalmente quieto. Abrió los ojos y me miró fijo.

Se quedó así por unos minutos. Alarmada, le toqué el hombro, por si estaba teniendo una especie de ataque.

—¿Pascal? —dije su nombre en voz baja, con la esperanza de que volviera del estado en el que estaba, antes de que yo corriera a buscar la ayuda de los hombres que estaban jugando a las cartas. Me acerqué a él para ver si todavía respiraba y moví la mano por delante de su cara. Nada.

Finalmente, respiró y parpadeó. Yo di un paso atrás, aliviada.

Su mirada se normalizó, se encogió de hombros y movió el cuello a los costados hasta hacerlo sonar.

—¿Qué diablos fue eso? —pregunté.

—Querías saber si me podía comunicar con los espíritus, ¿no?

—Bueno, sí, pero no si te vas a poner en estado comatoso. Por Dios Santo, Pascal. ¿A dónde te fuiste?

—No se me permite hablar de esto con *gringas* curiosas. —Me hizo una mueca y mi irritación se potenció en segundos.

—Está bien. No me digas. Me las arreglaré sin tu ayuda.

—Estoy jugando contigo, Kate —y a continuación, se puso serio—. Te rodea una energía mala, del tipo de la que puede lastimarte a ti y a la gente que te rodea.

—Ni que lo digas. ¿Alguna vez me los quitaré de encima? —Era raro, porque antes nunca había pensado en los espíritus como "ellos". Eso lo hacía demasiado personal.

—Es posible. Sentí algo pesado, algo más potente detrás de ti.

Reflexionando, volví la cabeza, casi convencida de que iba a ver algo.

Pascal ignoró mi reacción ingenua. —No pude ver la forma, pero parece que has atraído a un poderoso aliado desde que llegaste a Yucatán.

—¿Un aliado? ¿Te refieres a algo que me pueda ayudar con esta vida caótica que llevo?

—Como dije, no pude ver qué era, pero tengo la impresión de que puede vencer a los malos espíritus.

Respiré profundo, no acostumbrada a sentir alivio. Por alguna razón, le creí. Si lo que Pascal decía era verdad, por fin tenía una oportunidad para liberarme de los espíritus que habían traído el caos a mi vida.

—¿Esto quiere decir que los podré dejar atrás?

Pascal sacudió la cabeza. —No dije exactamente eso. Son espíritus fuertes, Kate. No son algo que puedas "dejar atrás".

La llamita de esperanza que se había prendido en mi interior empezó a flamear como una cerilla bajo la lluvia. ¿Es que nunca iba a librarme de esa vida vertiginosa y oscura?

—Gracias, Pascal. Acabas de confirmar lo que pensaba. Que los malos espíritus nunca me van a dejar en paz —seguí caminando—. Necesito ir a algún lugar a pensar.

<hr>

EL TEMA CON UN CAMPAMENTO EN EL MEDIO DE LA JUNGLA ES QUE no hay otro lugar a dónde ir más que el lugar donde duermes. Caminé hasta mi choza, cerré la puerta y me tiré sobre la hamaca, mirando las vigas del techo.

¿Qué mierda estaba haciendo? Lo que sabía sobre Salazar tal vez pudiera ayudar a estos tipos en su causa, pero yo quería huir. La idea de pelear contra Salazar, Morales o cualquier otro cártel me extenuaba. Solo quería vivir mi vida de manera tranquila y silenciosa. ¿Acaso no me lo merecía?

Aparentemente, no.

Me gustaban los hombres de Quinn. Mucho. Quería ayudarlos a eliminar los cárteles de la droga de la faz de la tierra y así ayudar a los mexicanos a vivir la vida tranquila que se merecían. Nunca iba a entender la afirmación de Salazar de que amaba a su país. Él era parte de un cáncer maligno que se había extendido por todo México, abarcando con sus tentáculos toda esa nación generosa y buena, haciendo desangrar a un país con espantosos actos de violencia, todo por una descomunal sed de poder. No, los cárteles no amaban a su país. Solo amaban el dinero.

Y el poder.

Con un suspiro, me apoyé un brazo sobre los ojos e intenté

calmarme. Mi ansiedad iba en aumento por el hecho de pensar en Quinn y sus hombres enfrentándose a un enemigo tan despiadado. ¿Y si los tatuajes no los ayudaban para nada? ¿Y si era peor que los llevaran? *No es tu decisión, Kate. Ellos saben lo que están haciendo. Tienen experiencia.*

Para empeorar las cosas, me vinieron a la mente imágenes de Angie con su arma en la cabeza de Cole. Di cachetazos en el aire, intentando alejar la tristeza que me acongojaba. Empecé a llorar, pero sabía bien que por más que llorara, no lo traería de vuelta. Me sentí desolada al pensar en sus dos pequeñas sin su padre, obligadas a vivir con su malvada madre, desarraigadas, empezando la escuela en un lugar extraño, con amigos nuevos.

Y todo por mi culpa.

Abrí los ojos, para ver si podía espantar tanta emoción insoportable. Mi habilidad para negar la realidad me resultaba útil en momentos como ese. Si me permitía colapsar en la realidad de mi situación, no sería capaz de escapar de los recuerdos de las personas que había perdido: Cole, Sam, Oggie, mis hermanas, mis padres, mi amigo Gabe.

No podía quedarme quieta, así que me levanté. Necesitaba moverme para alejar los recuerdos que me venían a la mente sin cesar.

Salí y empecé a caminar hasta la carpa-comedor. Seguro que había algo que yo podía hacer para mantenerme ocupada y ayudar al mismo tiempo.

La mayoría estaba haciendo cola para la cena. Caminé hasta el frente de la fila y le sonreí al hombre que ponía la comida en los platos.

—¿Puedo ayudar a servir?

El hombre levantó la vista y miró al que estaba sentado a su lado, que asintió. El que servía, se quitó el delantal, me sonrió y me pasó el cucharón.

—Todo tuyo.

Me puse el delantal y tomé el bol vacío del primero de la fila y lo llené con guiso.

Para cuando serví al último, solo quedaban dos porciones en la olla. Quinn entró y vino a la mesa, sorprendido cuando me vio. Tomó un bol de la pila y me lo alcanzó.

—No me queda mucho —dije, llenando su bol.

Él me miró como a través de rayos laser. —Lo sé.

13

M E DESPERTÉ DE UN SALTO por los gritos. Puse los dos pies en el suelo. En un segundo me puse los texanos y las botas y salí corriendo de la choza, hacia las voces.

Varios faroles colgaban de los caños en la carpa-comedor.

Con el corazón en la boca, me apuré a ir a la carpa, y lo que vi me dejó de una pieza.

La fila de mesas en el medio del comedor, donde normalmente se comía, ahora hacía de camilla provisoria con cuerpos ensangrentados de punta a punta. Al frente de la carpa, Quinn ladraba órdenes a los hombres que le quedaban mientras aplicaba un torniquete en la pierna herida de un hombre. Sentí que se me helaba la sangre cuando me di cuenta de la magnitud de lo que había pasado.

Como un zombi en una película de terror, caminé hasta una de las mesas para ver si podía ayudar. Allí estaba Skull Boy, el que me había ayudado a dibujar la serpiente que se comía al escorpión. Su hombro estaba deshecho, herido de bala, con un círculo oscuro y ominoso rodeado de sangre. Intentó sonreír, pero más bien le salió una mueca. Tomé dos toallas de un hombre que pasaba caminando con varias toallas en los brazos y las doblé, para hacerlas más gruesas. Skull Boy hizo un gesto de dolor cuando le levanté el hombro con suavidad y puse una de las toallas por atrás, donde calculé que la bala había salido, y presioné con la otra toalla en la entrada de la herida.

Luego le tomé la mano y la puse sobre la toalla del frente. —Vas a estar bien. Sigue presionando para detener el sangrado. Vuelvo a verte en un par de minutos, ¿sí? —Él hizo señas de que entendía, y fui a la mesa siguiente.

Cuando tenía un segundo, miraba para ver si encontraba a Pascal en medio de la locura. Como él era el médico a cargo del campamento, pensé que estaría en el medio del caos, ayudando a los enfermos. Pero no estaba por ninguna parte.

Todos contribuyeron hasta no dar más, conteniendo hemorragias, vendando, atendiendo signos de shock. Intenté contar a los hombres, pero no había manera de saber si todos habían vuelto.

Un par de horas más tarde, cuando los sobrevivientes habían recibido atención, salí a tomar aire. Dos de los hombres habían muerto. El resto viviría, a menos que tuvieran una infección. No tan mal, teniendo en cuenta lo que había parecido al principio.

A unos pocos metros, Quinn y Blondie estaban en medio de una intensa conversación bajo la luz de la luna. Esperé unos minutos, pero no pude aguantarme y fui hacia ellos.

—¿Han visto a Pascal? —pregunté. Blondie miró a Quinn, que sacudió la cabeza.

—Salazar lo atrapó.

—¿Qué? ¿Cómo? Pensé que tenían todo planeado.

—Lo teníamos, pero Morales llevó muchísimos soldados más de lo previsto. Cuando llegamos, los hombres de Salazar estaban siendo masacrados y cayeron antes de lo anticipado.

—Tenía a Salazar en la mira, pero empujó a Pascal delante de él. No tenía un blanco certero; podía dispararle a Pascal sin querer. —Blondie entrecerró los ojos—. Salazar es hombre muerto. Nadie usa a mi amigo como un puto escudo humano.

—Tenemos que pensar bien —dijo Quinn—. Morales estaba bien preparado para atacar a Salazar. Demasiado preparado. Fue como que sabía que alguien más venía a la fiesta —me miró—. Si pregunto, tú nunca saliste del campamento, ¿no?

¿Me preguntaba en serio? ¿A dónde quería llegar? Sentí que la cara se me ponía roja de furia. *Calma, Kate. Todos han tenido una noche dura. No quiso implicar nada.*

—Por supuesto. Yo no sabía de la existencia de Morales hasta que los conocí a ustedes. En cuanto a Salazar, ¿por qué me habría importado que ustedes tuvieran un tatuaje convincente? —Estaba tentada de recordarle a Quinn de mi soliloquio anterior sobre el hecho de que pelear contra los cárteles con violencia solo conduciría a más violencia, pero decidí cerrar la boca.

—Puede ser que tu idea del tatuaje fuera una señal para Salazar, para que él supiera quién no estaba peleando de su lado.

—Lógica defectuosa, Quinn. Lalo te contó que había visto los tatuajes en los hombres de Salazar, que todavía se los exige a sus hombres. No suena convincente que Lalo y yo estemos juntos en esto.

—Sí —Quinn se pasó la mano por la cara—. Tienes razón. No sé qué pensar —parecía exhausto. Y Blondie también—. Tenemos que encontrar a Pascal antes de que ellos... —no continuó.

—¿Antes de que lo torturen? —terminé la oración por él—. Créeme, Quinn, sé todo sobre las técnicas de interrogación de Salazar.

—Cierto —se dirigió hacia Blondie—. Diles a los hombres que estén listos en caso de que no lo encontremos a tiempo. Si hay algún tipo de filtración, no voy a arriesgar la vida de todos en el campamento si nuestra ubicación está comprometida. Tenemos que empacar todo y estar listos para partir.

Antes de que pudiera frenarme, dije: —¿Por qué no hacen un trato? Quinn y Blondie me miraron como si fuera una extraterrestre.

—¿Por ejemplo? —preguntó Quinn.

—Pascal por mí.

Quinn sacudió la cabeza, con expresión de piedra. —No voy a poner a un civil en peligro. Sobre todo, uno sin entrenamiento. Ya lo solucionaremos.

Respiré hondo y seguí, antes de perder la paciencia. —Escucha. Salazar gastó mucho dinero en encontrarme. Convenció a Díaz para que sacara de prisión a una conocida asesina a sueldo para rastrearme, traerme a México ilegalmente y entregarme a él. Todo con el único objetivo de tener la satisfacción de verme sufrir. Su odio, al igual que su orgullo, es bien profundo. Podemos usar eso en su contra. Confía en mí.

Blondie asintió. —Escuchémosla, Q.

Quinn cruzó los brazos y se quedó en silencio.

—No estoy sugiriendo que en realidad me entreguen a él. Preferiría que no lo hicieran. Estoy segura de que ustedes pueden hacer que parezca que me quieren intercambiar. Entonces, cuando traigan a Pascal al encuentro, ustedes los emboscan, rescatan a Pascal y se van.

—¿Y tú estarías dónde, durante todo ese proceso? —preguntó Quinn.

—En algún lugar donde ellos puedan verme, claro, o no funcionará. Es peligroso, lo sé. Pero puedo lidiar con eso. —Mi parte cuerda me estaba preguntando por qué mierda me estaba ofreciendo como carnada. Pero mi parte demente era muy fuerte.

Quinn hizo una mueca, evidentemente no convencido con la idea.

—Podría funcionar, Q —dijo Blondie.

—No. Prefiero la extracción. Tenemos el plano de la hacienda. Opino que vayamos mientras está oscuro, encontremos a Pascal y lo extraigamos. Eliminar a quienquiera que nos mire mal.

—Él sabe que vamos a ir. ¿No crees que estará preparado? Pero esto del trato, seguro que no lo espera —argumentó Blondie.

Era bueno saber que Blondie estaba de mi lado, aunque un poco había esperado que Quinn rechazara mi propuesta. Lo miramos reflexionar.

Después de unos minutos, Quinn dijo: —Está bien. Lo haremos así —miró a Blondie—. Tú intentas ver cómo le haremos saber a Salazar que queremos negociar. Tiene que ser durante el día, en algún lugar abierto. Elige la ubicación. Yo voy a hacer el reconocimiento —se volvió a mí—. ¿Sabes disparar? —Asentí—. Bien. Le diré a Lalo que te preste un arma. Se puede poner bien feo.

—Lo sé. Aun así, lo quiero intentar.

—¿Y si no muerde el anzuelo? —preguntó Quinn.

—No te preocupes, lo hará. Salazar no necesita a Pascal. Sabe que será más fácil quebrarme a mí que a él, que podrá saber todo lo que necesita sobre su operación. Al mismo tiempo, me va a tener para torturarme. Es como si su sueño se hiciera realidad.

—Está bien. Lo haremos. Blondie, habla con tus contactos en la ciudad y hazles saber que queremos negociar. No creo que tarden en contestar. —Quinn me hizo un gesto afirmativo y se fue. Blondie lo miró irse.

—Ese hombre ha tocado el límite hoy —dijo.

Me puse a temblar ante el pensamiento de que Salazar podría estar interrogando a Pascal. —No es el único.

Salazar no tardó nada en morder el anzuelo. La entrega fue programada en dos días, por la tarde, a unos pocos kilómetros de la hacienda, en un campo de agave. La mañana de la operación, Quinn tomó un puñado de hombres y exploró el área. Lalo y yo caminamos a la parte trasera del campamento para practicar con la Glock que tenía para mí. Yo no estaba tan oxidada como me imaginaba, y di en todos los blancos.

—Ahora, vamos a saber cuán buena eres en realidad —dijo Lalo. Caminó unos metros y tiró una latita de gaseosa por el aire. Yo di dos disparos y acerté uno. En el próximo intento, di en el blanco en el primer intento.

—Muy bien —dijo Lalo, y me mostró el agujero que dejó la bala.

—Entonces, si no te molesta que pregunte, ¿por qué trabajas para Quinn? Digo, el dinero no puede ser tanto, y no sé si realmente les pagan. Trabajar para Díaz debía ser mucho más lucrativo.

—Sí, claro, pero el dinero no lo es todo.

—No, pero abandonar un cártel es arriesgado. No es una decisión así nomás. Me pregunto qué pasó para que decidieras hacer algo tan peligroso.

En silencio, Lalo recogió los objetivos usados y los guardó en una bolsa de compras de plástico. Yo iba a cambiar de tema cuando él se aclaró la garganta.

—¿Por qué abandonaste a Salazar? —preguntó.

—Porque lo vi degollar a uno de sus mejores amigos por nada, y supe que yo sería la próxima.

Lalo asintió, con cara solemne. —Ellos mataron a mi familia. —Las palabras fueron dichas en voz baja, terribles. El corazón se me estrujó.

—Lo siento.

Sus ojos se oscurecieron con furia. —Solo volví a casa para la boda de mi hermana más joven. No tenía permiso de Díaz —escupió cuando dijo su nombre—. Ordenó que los mataran a todos. Incluso a Lidia. Ella tenía diecisiete años —su cara era una mueca de horror y pena. Se secó los ojos y respiró profundo—. Entonces supe que tenía que trabajar en su contra. Encontré a Quinn y a su grupo por casualidad. Él impidió que me hundiera en un pozo.

—Pero Díaz y *El Castillo* no habían sido vistos en esta área. Según lo que tengo entendido, solo el cártel de Morales operaba aquí.

—Es cierto. Por Quinn, decidí dedicar mi vida a ayudar a que México se libere de los cárteles. Yo sabía que Dios me iba a dar la oportunidad de vengar a mi familia, algún día. Y ese día es hoy. Creo que Dios te ha traído hasta aquí por la misma razón.

Sin saber qué decir, puse el arma en la cintura. ¿Qué podía decir? Tal vez él tenía razón.

Pero también podía estar mortalmente equivocado.

14

EL SUV LANZÓ una nube de polvo cuando salimos por el camino de tierra, listos para el encuentro. La temperatura había subido mucho y la humedad era insoportable. No tenía sentido intentar permanecer seca, especialmente con el chaleco de Kevlar que Quinn insistió que me pusiera. Yo no discutí. El aire acondicionado ayudaba, pero solo de a ratos. Moví los hombros para intentar relajarme e inspeccioné el tambor del arma por décima vez.

Quinn manejaba y Blondie iba del lado del acompañante. Yo iba atrás. Varios de sus hombres habían salido antes para estar en posición. Por más que íbamos a un espacio llano y abierto, el campo de agave estaba rodeado de una jungla densa que era ideal para apostar francotiradores. Tanto Quinn como Blondie me aseguraron que los tiradores eran los mejores y que estaría en buenas manos. Sus palabras ayudaron...un poquito. La posibilidad de que alguno o varios de nosotros no volviéramos con vida me tenía mal.

—Oye, Blondie, ¿cuál es tu verdadero nombre?

Se quitó las gafas de sol, se dio vuelta y me sonrió, dejando al descubierto esos dientes de un blanco imposible. —El nombre que me han dado es Frederick.

—¿Por qué todos te dicen One Shot? ¿Se relaciona con el alcohol o con los objetivos?

Se rio. —Con ambos. Pero la verdad que me gusta más cuando se trata de tequila.

—Quieres decir una botella, ¿no? —bromeó Quinn.

Blondie se tomó la cabeza con las manos. —¡Ay! ¿Recuerdas esa noche en Mérida?

Quinn se rio, asintiendo. —Sí. Épica —le hizo un guiño a Blondie—. Si alguna vez vuelvo a beber contigo, solo dispárame.

Blondie lo golpeó en el brazo. —Mierda, ¿no la pasaste genial esa noche? ¿A quién quieres engañar? ¿Cómo se llamaba ella? ¿Rita? ¿Lita? ¿Mamacita?

Quinn no le contestó, pero vi una sonrisa fugaz en su cara, a través del espejo. Levantó la vista y me atrapó observándolo. Yo sonreí y me dediqué a mirar por la ventanilla.

—Si no te importa, voy a seguir llamándote Blondie.

—Está bien —dijo Blondie—. Mientras no dejes de llamarme.

Atravesamos los campos de agave azules y verdes a toda velocidad, el tipo de agave azul que se usaba en la producción de tequila. Hacía muy poco tiempo que alguien de la zona se había dado cuenta que la planta de agave para hacer tequila se daba bien en Yucatán. Ahora se cultivaban cientos de hectáreas, que junto con el turismo habían revivido la zona.

Suspiré y apoyé la cabeza contra la ventanilla. En una época me encantaba venir a esta parte del mundo: la jungla, las ruinas, las playas. Cole y yo habíamos estado planeando unas vacaciones un poco más al sur, en Belize, y... cerré los ojos por el dolor agudo que sentí al recordar la muerte de Cole. Cuando los abrí, tuve que luchar para no llorar. Respiré hondo y me recordé por qué me había ofrecido voluntariamente como carnada. De a poco, la furia por esa muerte sin sentido empezó a reemplazar a la pena. Recuperar a Pascal era prioridad uno, por supuesto, pero todo lo que pudiera hacer para que atraparan a Salazar y a Angie lo iba a hacer.

El SUV aminoró la marcha y Quinn me miró por el espejo retrovisor.

—¿Lista?

Asentí y me puse el arma en una cartuchera improvisada en mis texanos. Me bajé la remera para que no se viera.

Igual, el arma no me daba mucha tranquilidad.

El SUV se detuvo en una zona junto a un campo enorme. Los hombres de Salazar no habían llegado todavía, al menos no los veía, pero podrían estar mirando desde la distancia, al igual que los francotiradores de Quinn.

La energía dentro del vehículo cambió, y Quinn y Blondie empezaron con su rutina, chequeando sus armas y repasando el plan. Mi rol era simple: mostrarme, ser vista, atraer a Pascal y a los otros al vehículo y encontrar un lugar para refugiarme durante el tiroteo.

El corazón me martillaba en el pecho e intenté la técnica de respiración para calmarme, pero no funcionó.

—Allí están —dijo Blondie.

Miré por el parabrisas al vehículo SUV que se aproximaba, de color dorado oscuro con detalles metálicos y los acostumbrados cristales negros.

—Una elección audaz de color —comenté. Nadie se rio.

Se detuvieron a varios metros de distancia. Nosotros permanecimos dentro del vehículo, esperando la próxima movida. El polvo desapareció, la puerta frontal del lado del pasajero se abrió y salió un hombre de estatura mediana, cabello oscuro, pantalón y remera color negro y gafas oscuras. Con el arma reglamentaria, mantuvo la puerta abierta. Se dio vuelta, y observó los alrededores. Evidentemente satisfecho, caminó hacia el frente del vehículo, cerca del guardabarros. Yo no podía distinguir al conductor ni si había alguien en el asiento trasero.

—¿Ves a Pascal? Yo no lo veo —la actitud de Blondie pasó de relajado y alegre a alerta y listo para atacar. Yo sentía mi propia adrenalina que me subía, junto con una buena dosis de miedo. Miré a Quinn. Parecía calmado, concentrado y callado.

La puerta del conductor se abrió y apareció otro hombre vestido de negro. Al igual que su compañero, tenía una Uzi en las manos y observaba el lugar con atención. Yo no veía a Pascal.

Quinn y Blondie abrieron las puertas a la vez. Blondie salió primero. Y se quedó detrás de la puerta abierta.

—Sal cuando yo te diga —me dijo Quinn antes de salir.

Miré por el parabrisas a los cuatro hombres en sus puestos, que se miraban unos a otros. Después de un momento, Quinn rompió el silencio.

—Todavía no veo a Pascal.

—Y nosotros no vemos a la puta —dijo el hombre de la izquierda. El otro se rio. El estómago se me empezó a revolver. Indudablemente, estos hombres de Salazar estaban listos para domesticarme. Un pensamiento no muy placentero. En realidad, estaba petrificada.

—Primero Pascal. Quiero estar seguro de que él está bien —dijo Quinn—. Entonces les damos a la mujer.

El conductor golpeó la ventanilla trasera. La puerta se abrió y Pascal salió tambaleándose, con las manos atadas detrás de la espalda. Rodó y quedó de rodillas.

—Quédate ahí —le gritó el conductor.

Pascal se sentó sobre los talones, mirando al conductor con atención. Tenía la cara muy golpeada. Un ojo estaba cerrado de tan hinchado; pero estaba vivo.

—Sal, Kate —dijo Quinn con calma, pero detecté señales del Rottweiler. Me dio el coraje que yo necesitaba y salí de la relativa seguridad del vehículo.

El conductor sonrió de oreja a oreja. —Ven hacia aquí, puta. Te estuvimos esperando todo el día —se tocó el miembro y me miró con lascivia.

Quinn sacudió la cabeza. —Primero Pascal.

La sonrisa desapareció de la cara del conductor, que miró a su compañero.

—Parece que tenemos un problema, amigo —frunció el ceño y se quitó las gafas de sol, con expresión seria. Luego volvió a sonreír—. Creo que tendremos que hacer la entrega al mismo tiempo. —Se acercó al lugar donde estaba Pascal de rodillas y lo pateó en el costado. Pascal hizo una mueca pero no emitió sonido alguno.

—Levántate, pendejo.

Pascal se puso de pie. Aparentemente disgustado por lo lento que era, el conductor lo empujó hacia nosotros. —Apúrate. Vámonos.

—Camina hacia ellos. Despacio —me dijo Quinn.

Con la boca seca, ni intenté tragar mientras daba un pasito tras otro hacia el otro vehículo. Pascal había rengueado unos metros hacia nosotros, cuando el conductor levantó el arma y condimentó el terreno cerca de Pascal con unas balas. Pascal se detuvo y se veía que el pecho le subía y bajaba con la respiración, los ojos fijos en Quinn. La cabeza de Quinn se movió de manera imperceptible.

—Que te apuras, mujer —el conductor me apuntó.

Di otro paso, la mano cerca del arma escondida en mi cintura. Pascal y yo estábamos lado a lado cuando un disparo rompió el silencio. El tirador del lado del pasajero del SUV mexicano se puso rígido y arrojó su arma al piso, antes de caer de rodillas. Otro disparo lo desplomó; la boca abierta, mirada al vacío.

—¡Muévete! —me gritó Quinn, y corrí hacia nuestro SUV,

esperando que una bala me diera en la espalda en cualquier momento.

Un golpe seco fuerte seguido de silbidos me rozó el lado izquierdo. El mundo explotó en un aullido de sonidos, calor y compresión. Yo me vi catapultada al aire como si fuera una muñeca de trapo. Caí de costado a

unos pocos metros de un pozo de drenaje y vi volar por el aire los pedazos del vehículo de Quinn. Había llamas y humo negro por todos lados.

Después, nada. Un silencio aterrador engulló la escena surrealista que se desarrollaba ante mis ojos. Había tres cuerpos en el suelo: el conductor de los mexicanos y su acompañante y Pascal, cerca de los restos quemados de nuestro vehículo.

Desorientada, examiné el suelo, intentado encontrar la Glock. Estaba a unos pocos metros, sobre un pasto crecido, y me arrastré hasta el arma, con mucho dolor. Quinn corrió hasta Pascal y se arrodilló, gritando algo que no pude oír, porque los oídos me zumbaban. Pasó su brazo por el hombro de Pascal y lo levantó y puso de pie. Un concierto de balas los seguía mientras ellos corrían a cubrirse en la jungla. Con los dedos en mi arma, vi movimiento en el interior del SUV del cártel. Tomé la semiautomática, apoyé los codos en el suelo para tener precisión, puse las dos manos en el gatillo y esperé a tener un blanco a la vista. Alguien se pasó al asiento del conductor y se puso detrás del volante.

Salazar.

Con el corazón al galope, me paralicé. Le pedí a mi mano que me obedeciera, pero el dedo en el gatillo no se movía. No podía moverme, no podía respirar, no podía hacer nada.

Un sonido como mudo salió de la izquierda del SUV. Las balas rebotaban en el metal y parecía que acariciaban los cristales. Me tendría que haber imaginado que Salazar iba a venir en un vehículo blindado.

Salazar puso el vehículo en marcha y salió a toda velocidad, pasando a mi lado sin mirarme.

Blondie apareció a mi lado y me puso de pie. Con la cara roja y una vena hinchada en la frente, me gritó pero yo no oía nada. Le miré los labios. Me gritaba que *corriera ya*.

Y salí corriendo.

Seguimos a Quinn y a Pascal, tambaleando, y llegamos hasta la jungla pero no nos detuvimos. Solo cuando encontramos un lugar donde podíamos cubrirnos, recién ahí nos detuvimos. Para entonces, había recuperado algo de mi audición, y algo entendía de lo que decían, pero no todo.

—¿Qué mierda fue eso? —preguntó Blondie, furioso y agitado.

Quinn sacudió la cabeza y se concentró en Pascal, cuyas heridas se habían puesto de un color gris feo.

—Fue una granada propulsada por cohete (RPG).

—Sé que fue un lanzagranadas de mierda, Q. Lo que quiero decir es, ¿dónde mierda estaban nuestros hombres?

—Son los que nos mantuvieron con vida hasta que salimos de allí. ¿Dónde te crees que estaban? —La expresión intensa de Quinn junto con su cuerpo robusto parecían querer pelear allí mismo.

—Sí, bueno, ellos podrían haber...

—¡Suficiente! —gritó Quinn—. Hasta que lleguemos a la base, nadie va a especular sobre lo que sucedió o no sucedió. ¿Está claro?

Blondie cerró la boca y apretó los dientes. —Está claro.

Yo moví las piernas, intentando encontrar una posición más cómoda.

Quinn me miró. —¿Estás bien?

—Sí —fue todo lo que pude decir.

Blondie me miró, me inspeccionó y asintió. —Cortes,

rasguños y algún moretón importante. Es un milagro de mierda que ella todavía esté viva.

El estómago se me revolvió, los abdominales se me contrajeron y sentí que el sabor de bilis en la garganta. Me puse de costado y vomité.

—Tal vez ella preferiría estar muerta ahora —dijo Quinn.

15

LOGRAMOS LLEGAR al punto de encuentro predeterminado, ubicado en otro camino de tierra a un par de kilómetros del lugar del intercambio, junto a un campo de agave abandonado. Dos de los hombres de Quinn estaban cerca, en un vehículo 4x4, y corrieron a buscar a Pascal, a quien Quinn y Blondie se turnaban para llevar. Ya no había tensión entre los dos, en parte por su profundo sentido del deber hacia la misión, y también por la dificultad de moverse tan rápido con temperaturas tan altas y sobre un terreno difícil.

Mi cuerpo se había recuperado bastante bien de la explosión, y pude caminar sola, pero todavía estaba bastante aturdida. A pesar de mi familiaridad con las explosiones, estar tan cerca de la detonación de una granada propulsada por cohete le da todo un significado nuevo al término "volar por los aires".

Entramos en el vehículo y nos dirigimos al campamento. Uno de los hombres de Quinn fue a asistir a Pascal, dándole líquidos por vía intravenosa y curando las heridas de la explosión. Yo me acurruqué en un rincón y cerré los ojos, intentando bloquear todo lo que me rodeaba.

Una hora más tarde, llegamos a la base. Ayudé a Blondie a

vaciar el vehículo, sin hacer caso del dolor agudo que sentía en la espalda. Quinn se acercó más tarde para ver cómo me encontraba, mientras uno de sus hombres me limpiaba un corte por arriba del ojo, con un hisopo.

—Te ves...mejor —dijo, tras una rápida inspección.

—Él dice que tengo suerte —respondí, señalando al hombre que me estaba atendiendo—. Aparentemente, tengo una costilla golpeada. Habría jurado que estaba quebrada.

Quinn se volvió al hombre y dijo: —¿Nos puedes dar un minuto? —Él asintió, tomó el botiquín de primeros auxilios y caminó hacia la carpa-comedor.

—¿Cómo está Pascal? —pregunté.

—Teniendo en cuenta lo que padeció, está bien.

—¿Le...ellos le...—me quedé callada. No me animaba a preguntar si le habían sonsacado información.

—No. Dice que no obtuvieron nada. Pero lo intentaron de mil maneras.

—Me imagino. Me alegro de que se va a poner bien —esperé un momento antes de seguir—. No quiero ser un dolor de cabeza para ti, pero, ahora que todo terminó, ¿cuándo me van a llevar a la ciudad? —Yo anhelaba salir de la zona de guerra, cualquiera fuera mi suerte. Tenía que ser mejor que esto.

—Voy a hacer que uno de mis hombres te lleve luego de la cena. Lo haría antes, pero quiero que descansen un poco antes de pedirles que se embarquen en otra misión.

—Por supuesto. Está perfecto.

—Te sugiero que te alojes en el Hotel Maya. El dueño es un hombre que se llama Ernesto. Trabajé con él; allí estarás relativamente a salvo.

—Gracias por la referencia.

Quinn me miró de reojo. La escasa luz del atardecer proyectaba una sombra en su cara. —Estuviste bien hoy.

—No sé si te diste cuenta, pero casi nos vuelan a todos.

—Casi.

—Para mí fue demasiado cerca; más que casi.

—Recuperamos a Pascal. Ese era el objetivo del ejercicio.

—Cierto. —Lo estudié por un momento y me di cuenta de que lo que había pasado antes era en realidad una victoria, con o sin explosión. Cuando el único propósito de una organización era combatir el mal —y realmente, tanto Salazar como los cárteles de la droga encajaban en esa categoría—, y cuando se lograba rescatar a uno de los tuyos de las manos del mal, eso tenía que ser considerado un triunfo.

—Mejor me voy —dijo Quinn, terminando la conversación. Se dio vuelta para irse, pero se detuvo, buscó en su bolsillo y extrajo un fajo de billetes.

—Vas a necesitar esto, para la habitación y las comidas.

Agradecida, acepté el dinero. —Gracias. Si supiera a dónde enviarlo, te puedo pagar en cuanto me reubique.

—No es necesario. Es lo menos que podemos hacer. Cuídate, Kate.

—Tú también, Quinn. —Mientras lo observaba irse, me invadió la melancolía. Me había apegado a él, a sus hombres y a este lugar.

Hora de irse, Kate. Recuerda lo que casi sucedió hoy. Cuanto más tiempo te quedes, peor se va a poner. Más personas morirán. Recuerda los malos espíritus.

A veces odiaba escucharme a mí misma.

Quinn y sus hombres estaban librando una batalla difícil, y tarde o temprano iba a haber más pérdidas. Quedaba por verse si eso iba a incluir a él y a sus soldados o a los matones del cártel. Probablemente a ambos. No quería quedarme a ver cómo morían estos hombres ni a morir con ellos. Todo se trataba de correr y esconderse, de vivir otro día más. Además, la realidad de lidiar con Salazar y sus matones me hizo repensar mi necesidad de comprometer al enemigo. Estaba asustada porque lo había tenido en la mira, y en vez de dispararle en cuanto tuve la oportunidad, me quedé paralizada.

Fui hacia mi choza, dolorida. Como nunca me había atropellado un camión, no estaba segura de si el dolor que estaba experimentando calificaba como tal, pero me imaginaba que era algo así. Me negué a pensar en lo que podría haber pasado si las cosas hubieran ido más lejos durante el encuentro; en cambio, me concentré en idear un plan a seguir luego de llegar a Tabai. Una vez que llegara a la ciudad podría enviar un email a Luis, mi contacto con la DEA, y con suerte, podría conseguir ayuda; pero, ¿a dónde iría? ¿A hacer qué?

Mentalmente agotada y físicamente golpeada, rengueé hasta el interior de la choza y me recosté en la hamaca, sintiendo cada corte y cada moretón, anhelando un poco de soledad. Tenía la esperanza de que una siesta unas horas antes de la cena me ayudaría a decidir qué haría después.

A pesar del dolor y de mis pensamientos caóticos, me dormí en unos segundos.

⁂

LA CENA VOLVIÓ A CONSISTIR EN FRIJOLES Y TORTILLAS, PERO sabían tan bien como cualquier plato cinco estrellas del Ritz. Pascal no vino; se quedó en su choza a descansar. Me ofrecí para llevarle comida y estaba llenando un plato para él cuando Quinn entró en el comedor. Tomé un puñado de tortillas y me hice paso entre los comensales y las mesas hasta donde él estaba, en la entrada.

—Charlie te va a llevar a la ciudad —señaló a un hombre de pelo color castaño que estaba hablando con un grupo de hombres—. Él te dejará en el hotel.

—Gracias, Quinn. Si te parece bien, quisiera tener unos

minutos antes de salir. Quiero llevarle esto a Pascal —dije, indicando el plato de comida.

—Claro. Le diré a Charlie que parten en media hora. Se encontrarán en el vehículo.

—Perfecto. Gracias de nuevo.

—No hay problema —dijo, ya sin prestarme atención. Caminó hacia Blondie y se puso en la cola a esperar la comida. Yo fui a la choza de Pascal.

Ahora que por fin iba a volver a la civilización, tenía que pensar en dónde estaría más segura. Tenía que elegir el lugar con mucho cuidado. Demasiadas veces había elegido el lugar donde mudarme basada en el miedo, sin razonar. Había pensado que Alaska era remota y fría y que no atraería a Salazar. Me había equivocado. Después de que Angie le disparó a Sam y casi lo mata, corrí a Hawái, con la esperanza de vivir más feliz. Los malos espíritus me siguieron a mí y no a Salazar, y otra vez me tuve que ir. Y eso me llevó a Arizona y a Cole. Por unos años, todo había estado bastante tranquilo, y eso me dio una falsa sensación de seguridad. Pero aquí estaba, huyendo otra vez, mirando por sobre el hombro para ver si venía Salazar o Anaya.

Tenía que haber otra manera.

Me detuve ante la choza de Pascal y golpeé.

—Entra —por la voz, parecía que había estado durmiendo. Abrí la puerta y entré. Su ojo sano se abrió en cuanto me vio. El otro se había hinchado tanto que parecía una pelota de golf, y no lo podía abrir. —Hola —dijo.

—Te traje comida. Para que no pierdas la fuerza.

Pascal sintió el aroma de la comida y sonrió. Se notaba que le dolía. Me acerqué a su catre y puse la cena sobre una caja que había al lado.

—Te hubiera traído una margarita, pero la licuadora no funciona.

Pascal rio pero se contuvo, con una mueca de dolor. Intentó sentarse.

—Espera, déjame ayudarte. —Tomé su almohada y la doblé para que pudiera sentarse más erecto. Su cara me decía que hasta el más mínimo movimiento le resultaba muy doloroso. Llené una tortilla con frijoles y queso, la enrollé y se la alcancé.

—Gracias —dijo, y mordió un pedacito—. Delicioso.

—Hay otra razón más por la cual quise traerte la cena.

Pascal terminó la tortilla, mirándome.

—Me voy esta noche. Charlie me llevará hasta la ciudad. —Tomé otra tortilla, la rellené y se la alcancé. La aceptó, pero esta vez no la probó.

—¿Puedo sugerirte algo?

—Claro.

—Considera la posibilidad de quedarte.

Casi me ahogo cuando lo oí. —¿Para hacer qué, exactamente? Ya tuve suficiente con ser la carnada para los cárteles, y más que suficiente con ponerme en medio del camino de un examante psicótico y paranoico.

Me miraba fijo y yo me ponía nerviosa. —Dame un minuto antes de irte.

Se inclinó hacia adelante. —Estamos haciendo algo bueno aquí, Kate. Veo algo en ti, algo profundo que te lleva a pelear. Sea lo que sea, este grupo puede ayudarte a controlarlo y hacer que funcione para ti y no en contra de ti.

—No sé qué decir. —Mi primera reacción fue salir corriendo, lejos de todo lo que el grupo comando de Quinn representaba. ¿Por qué iba a seguir enfrentando al peligro del que había huido durante todos esos años? No solo eso, ¿y si no funcionaba? Entonces, ¿qué haría? *Kate, no dejes que la puerta te golpee al salir.*

—Gracias, Pascal, pero yo...

Se oyó la voz de Blondie afuera de la choza.

—¿Qué mierda pasa ahí adentro? Huelo comida —la puerta se abrió y Blondie entró. Su mirada iba de Pascal a mí—. ¿Interrumpo algo?

—Intentaba convencer a Kate para que se quede con nosotros.

Blondie hizo una mueca. —¿Quieres darle un arma y empujarla a la batalla como carne de cañón?

—No exactamente. Ella puede hacer otras cosas.

—¿Qué dice Q?

—Todavía no hablé con él sobre eso.

—¿Crees que estará de acuerdo?

—Tal vez. Si se lo sugiero.

Blondie asintió y me miró. —Pascal es muy persuasivo. Yo no.

—Pero yo no dije que lo haría, ¿ok? —No me gustaba que estuvieran discutiendo mi destino como si yo no existiera.

—¿Por qué no? —preguntó Blondie.

—Ella no quiere interponerse en el medio de, y cito "un examante psicótico y paranoico", fin de la cita. —Pascal terminó la tortilla y miró el plato. Le preparé otra.

—No podemos culparla por eso, ¿no?

Pascal se encogió de hombros. —Valió la pena el intento. Con la preparación oportuna, ella podría ser muy útil, si Quinn está de acuerdo.

—Gracias, amigos. Aprecio su aliento —hice la última tortilla y se la alcancé a Pascal—. Pero es suficiente para mí. No puedo seguir haciendo esto —tomé el plato ahora vacío y me di vuelta para irme—. Cuídate, Pascal. Tú también, Blondie. Les deseo lo mejor. Espero que los eliminen a todos.

—Gracias por todo, Kate. Creo que estoy vivo gracias a lo que tú hiciste. Te debo una. —Pascal intentó sonreír.

—No me debes nada. Recupérate.

Blondie me escoltó fuera de la choza y esperó junto a la mía, mientras yo juntaba lo poquito que tenía. Me puse el arma en la cintura, por delante, de manera que estuviera bien a mano. Podía ser que estuviera yendo a un lugar al que Quinn consideraba "seguro", pero, en mi experiencia, seguro no existía. Puse un par de cajas de municiones en la mochila que me habían traído para viajar, junto con una botella de agua. Esas eran todas mis pertenencias.

Fuimos hacia la carpa-comedor.

—Pascal tiene razón. No somos tan malos, ¿sabes? Tener una mujer en la base nos levantaría un poco el espíritu.

—Lamento decepcionarlos.

—Valía la pena el intento —dijo con una sonrisa.

Quinn nos vio ir hacia él, entró en la carpa y reapareció con Charlie.

—Quiero que la registres en una habitación del Hotel Maya y que te asegures de que está todo bien antes de irte —le dijo a Charlie—. Llévate el Dodge, por las dudas.

—No hay problema, Q —Charlie me miró—. ¿Ya nos dejas? ¿No te gustaron nuestras habitaciones? —su sonrisa indicaba que estaba bromeando. Yo sonreí.

—No fueron exactamente las vacaciones que había planeado.

—No son para cualquiera, eso es seguro.

Me despedí y caminé con Charlie hasta donde había dos vehículos estacionados. Subimos y lo puso en marcha. Luego dio una vuelta en U y se dirigió hacia el camino.

—¿Qué quiso decir Quinn cuando dijo "llévate el Dodge, por las dudas"?

Charlie acarició el tablero. —Este vehículo es uno de los tres blindados que tenemos.

—¿Por si los atacan con un lanzagranadas?

—No. Si eso sucede, fue bueno conocerte. Este es para fusiles de asalto.

—Reconfortante.

—No te preocupes. Q es precavido.

—Bueno saberlo.

—Tendrás que ponerte esto. Lo siento. —Y me alcanzó una venda.

—Tú sí que sabes hacer sentir especial a una mujer, Charlie.

Antes de que me pusiera la venda, miré por el espejo hacia el campamento, envuelto en la oscuridad, y me pregunté si estaba haciendo lo correcto.

16

LUEGO DE MEDIA HORA Charlie me dijo que me podía quitar la venda. Estaba muy oscuro. La única luz venía de las estrellas. El aire era cálido y húmedo, y me hizo recordar la última noche que pasamos con Cole en un crucero, varios meses atrás, la noche antes de que los hombres de Anaya subieran a bordo y secuestraran a tres de los pasajeros, incluyéndome a mí. Me dolió el recuerdo y respiré hondo para calmarme y evitar la furia que sentía que me iba a invadir, algo que sucedía cada vez más a menudo.

Charlie no hablaba mucho; por mí, todo bien. No creía que pudiera mantener una conversación interesante, dadas las circunstancias. Un coro de ranas rompía el silencio cada tanto; yo solo miraba el camino iluminado por las luces del vehículo. Esta parte de Yucatán no tenía mucho más que campos de agave, algunas haciendas esparcidas y la jungla.

Apoyé la cabeza en el respaldo del asiento y pensé en lo que tenía que hacer. El hecho de que estaba por llegar a la ciudad no quería decir que fuera a estar segura. Usaría los pesos que Quinn me había dado para pagar una noche en el Hotel Maya, y a la mañana iría a un sitio con internet para contactar a Luis.

Esos eran todos mis planes. Regresar a Durm, después de la muerte de Cole, no era una opción. No podía enfrentarme con las personas cuyas vidas había destruido, especialmente con Abby y Lauren. Nunca más podría mirarlas a la cara; yo era responsable de la muerte de su padre.

La desesperación, vieja amiga mía, volvió, y cerré los ojos, intentando bloquear el dolor que no me conducía a ninguna parte. Mi perspectiva de vida se veía aburrida y gris, sin ninguna posibilidad de alegrías o de amor. Me había llevado tanto tiempo encontrar a Cole que perderlo en manos de esos monstruos que me acechaban agregaba una agonía insoportable a mi lista de compañeras emocionales.

Y culpa. Ya era una experta en eso.

Charlie me miró de reojo y se aclaró la garganta. Lo miré, esperando que me dijera algo.

—Si te sirve de consuelo, sé que Quinn se quedó impresionado por cómo te comportaste en el encuentro.

—Gracias. —Por mucho que apreciara que me dijera eso, era solo apenas reconfortante. Tuvimos suerte de escapar con vida del lugar.

Charlie se volvió a aclarar la garganta. —Nadie esperaba que saliera así. Q insistió en que tú eras prioridad uno si las cosas se ponían feas. Sé que hablo por mí y por los otros cuando dijo que todos nos sentimos...protectores, a falta de otra palabra.

—Gracias por eso, Charlie. Yo siento lo mismo hacia ustedes.

Volvimos a quedarnos en silencio y miramos el camino, cada uno sumido en sus propios pensamientos.

Unos kilómetros después, tomamos una curva hacia la autopista y Charlie se puso tieso. —Alguien nos sigue.

Por el tono de su voz, no era nada bueno.

Miré por el espejo lateral; unas luces se acercaban. Parecía que venían rápido. Charlie pisó el acelerador y el Dodge salió disparado. Yo puse la mano sobre mi arma y esperé, los ojos pegados al espejo.

Pasamos una curva y Charlie clavó los frenos. —Mierda — dijo en voz baja.

Sorprendida, lo miré y luego miré por el parabrisas.

Unas luces brillaban en la ruta delante de nosotros, iluminando un patrullero de la policía local que estaba estacionado en la mitad de la ruta, bloqueando el paso. En los Estados Unidos, uno pensaría que el bloqueo es para atrapar algún criminal; en México, uno nunca sabe de qué lado están las fuerzas policiales locales. Los cárteles pagaban muchísimo más que lo que ellos ganaban de salario, y la amenaza de violencia contra las familias de los que se querían salir les garantizaba obsecuencia.

El SUV que venía atrás iba aminorando la marcha. Charlie extrajo un MP5K de debajo del asiento. Quinn había mencionado que el subfusil era una de las armas elegidas por los cárteles, a pesar de que los Kalashnikovs eran más fáciles de conseguir. Algunos de la vieja guardia todavía preferían los AK-47, pero su popularidad estaba pasando. Los MP5 eran más precisos.

Nos detuvimos unos cuantos metros antes del bloqueo. Charlie dejó el motor encendido. Un oficial uniformado, bien corpulento, salió de las sombras.

—Quédate en el vehículo. Voy a ver qué quiere —dijo Charlie, y dejó el arma en el piso, junto al asiento. Abrió una consola ubicada entre los dos asientos delanteros y extrajo un arma más pequeña, una 9mm, la guardó en la cintura y se bajó la remera para que no se viera.

Miré con nervios por el espejo lateral a las luces del SUV que venía por detrás de nosotros. No podía distinguir bien a qué nos enfrentábamos, pero me empecé a sentir cada vez más intranquila; estaba segura de que eso no era una coincidencia.

Charlie dibujó una sonrisa en su cara, abrió la puerta y salió del vehículo, con las manos visibles al oficial. Los ojos del policía apenas se veían, por la sombra que proyectaba su gorra. El oficial caminaba con la confianza de los que saben que tienen mucho respaldo.

Se encontraron en el medio y se detuvieron a hablar bajo la luz de las luces de la ruta. El policía le dijo algo a Charlie, quien movía las manos y la cabeza, señalando hacia el vehículo; el policía no sonreía. Intercambiaron unas palabras más y Charlie se dirigió nuevamente hacia el Dodge. Me miró por el cristal y asintió. Yo aflojé mi mano sobre el arma y suspiré.

El policía no se movió; se quedó mirando a Charlie. Un segundo después, llevó la mano a la cartuchera y extrajo su arma. El tiempo se detuvo y le grité a Charlie. Él dio un salto y buscó la 9mm escondida debajo de su remera. Yo me agaché a buscar el MP5, y en ese momento el cristal trasero estalló bajo una lluvia de balas.

Permanecí en el suelo del auto, de espaldas, con el cañón del arma apuntando hacia arriba, esperando. Mi corazón ya iba al galope.

Una ráfaga de tiros por el frente del Dodge y un quejido por atrás. Uno menos. *Charlie debe estar bien.*

El aire se llenó de disparos de arma automática. Luego, silencio.

Pasaron unos segundos y nada. *Quédate aquí*, me gritaba mi instinto. Tenía que permanecer oculta; quienquiera sea el que estaba vivo iba a venir pronto a ver si yo estaba ahí. Yo esperaba que fuera Charlie.

Pasos sobre el asfalto, acercándose a la puerta del conductor. Estiré el cuello, apuntando el MP5 hacia la ventanilla parcialmente abierta y contuve la respiración.

Los pasos se detuvieron cerca de la puerta y dudaron. Mi cara estaba bañada de sudor, y tuve que resistir la necesidad de secarme. Me concentré en el arma que tenía en las manos, con el dedo en el gatillo. Miré rápido al lado del pasajero, pero no vi a nadie.

Oí un ruidito y se abrió la puerta del conductor, y ahí supe que no era Charlie. Él no habría abierto la puerta tan silenciosamente. Tiré del gatillo y disparé, muerta de miedo, una bala tras otra.

La puerta se abrió más y el tirador cayó gimiendo sobre el asfalto. Me puse de costado, muerta de dolor por mi costilla golpeada y me acerqué a la puerta, escuchando.

Un silencio aterrador en el aire. Esperé un poco más y me deslicé por el asiento del conductor hasta el asfalto, ignorando el dolor que sentía en la espalda.

Las rodillas me temblaban y la adrenalina hervía dentro de mí. Miraba para ver si había más tiradores. El policía estaba tirado sobre el asfalto, boca abajo, el arma a unos pocos metros de su mano; el costado de su cabeza estaba destrozado. El hombre al que yo le había disparado yacía de espaldas cerca del Dodge, boca arriba. Miré al SUV que estaba detrás del Dodge. Había otro tirador en el piso. A ese lo mató Charlie.

Mi compañero estaba de espaldas, cerca de la rueda delantera, respirando con dificultad. Corrí hasta él y me arrodillé a su lado. Tenía los ojos cerrados y una mancha oscura se le estaba expandiendo por la remera. Exploré su pecho con las manos y encontré varias entradas de bala. El color de su cara estaba desapareciendo. Movió los labios y me incliné para escucharlo.

—Q...—hizo una mueca de dolor. Casi ni podía respirar.

—¿Qué pasa con Quinn, Charlie? —dije, sosteniendo su cabeza entre las manos, para distraerlo. Intentó de nuevo.

—Te ayuda...él...mejor op...—la tos le impidió seguir.

—Sh. Está bien. No hables.

Charlie se quedó en silencio. No podía dejarlo morir solo en la ruta, pero a cada minuto que pasaba me sentía cada vez más ansiosa. Si el policía no se reportaba, iban a venir para aquí.

Charlie se puso tieso y abrió los ojos, intentando respirar. Lo sostuve en mis brazos, con la esperanza de reconfortarlo. El gorgoteo de su garganta se hizo más intenso; abrió la boca para respirar y escupió saliva roja. Luego se aflojó y ese fue el final. Apoyé su cabeza con suavidad en el pavimento y me puse de pie, con la angustia de una nueva muerte en mi lista.

Aturdida, me arrastré hasta el Dodge y busqué cosas útiles. Había una caja de municiones para la 9mm y un poco de goma de mascar; los tomé y metí en mi mochila. No vi un teléfono. Salvo por la red privada de los cárteles, seguro que la recepción no era buena en el medio de la nada. Tomé el micrófono de la radio, pero no se oyó nada.

El MP5 estaba casi vacío y no quería peso extra, así que corrí por el costado de la ruta y lo arrojé a la jungla. Cuando volví al Dodge, vi que las dos ruedas traseras estaban pinchadas.

Empecé a entrar en pánico. Corrí al SUV del tirador. Tenía las llaves puestas. Pensé en usarla para volver al campamento, pero no tenía idea de cómo volver y no me tenía mucha confianza para encontrar a Quinn y sus hombres, sobre todo en la oscuridad. Conducir a la ciudad sería demasiado riesgoso. Algún policía podría venir a investigar y reconocer el vehículo. No creía que podría salir de la ruta para esconderme del tráfico.

Tenía que seguir a pie, pero antes tenía que deshacerme del SUV, porque si alguien venía, se daría cuenta de que yo no iba a estar muy lejos, ya que andaba a pie. Tenía que fingir que me fui con el vehículo. Una vez en el hotel, me pondría en contacto con Quinn y le diría de la emboscada. Luego, buscaría una computadora y mandaría un email a Luis para que me saque de México.

Otra vez.

Me subí al SUV y lo puse en marcha. Di la vuelta en U y

empecé a desandar el camino por donde vinimos con Charlie. Se veía un camino de tierra a mi izquierda. Lo tomé y me alivié al ver que el sendero llevaba a otra ruta al lado de un campo. Manejé un rato, apagué las luces y el motor. No creía que nadie fuera a encontrar el vehículo hasta la mañana siguiente, y eso me daba bastante tiempo. Me bajé y tiré las llaves bien lejos, entre los arbustos. Tomé la mochila y empecé a caminar.

Miré hacia atrás una vez más y me dirigí hacia Tabai.

ME LLEVÓ varias horas caminar hasta la ciudad y encontrar el hotel, siempre caminando en las sombras, atenta por si había más problemas. Logré salir del lugar de la emboscada justo antes de que llegaran tres patrulleros con todas las luces encendidas. Afortunadamente, yo estaba bien escondida y no me vieron.

El Hotel Maya estaba ubicado en una calle lateral oscura, cerca de la plaza principal. Una mujer medio dormida me registró y le pagué por una noche. En general, los turistas eran bienvenidos en Tabai, una ciudad conocida dentro del circuito turístico. Una mujer estadounidense viajando sola no llamaría la atención. Como no estaba segura de si podía confiar en la empleada de la noche, pregunté si el dueño estaba disponible. Me dijo que el hombre no estaba en la ciudad y que volvería más tarde, esa misma mañana. Cuando le pregunté si podía intentar contactarme con él, me miró con severidad y me dijo que no eran horas para molestarlo, que lo que fuera que tenía para decirle tendría que esperar hasta la mañana. Sin fuerzas para discutir, tomé la llave y fui a mi habitación, pensando que a la mañana me contactaría con Quinn; faltaban unas pocas horas.

La habitación no decía nada por fuera, pero por dentro estaba limpia y era alegre, con las paredes pintadas de blanco, amarillo brillante y verde. Una manta suave de felpa cubría la cama de hierro; una mesa de luz a cada lado de la cama. Me di una ducha, me desvestí y me recosté en la cama, sintiendo cada hueso del cuerpo; estaba exhausta. De inmediato me asaltaron los recuerdos, y en vez de intentar bloquearlos, los dejé andar por mi mente y empecé a repasar el dolor y el shock de los hechos de los días pasados, intentando entender mi vida, sin saber a dónde ir ni a quién dirigirme, y dejé los recuerdos de Cole para el final, bien masoquista.

Más tarde, después de llorar y de sentirme agotada, me recosté de espaldas y me quedé mirando el cielorraso. Mirar al vacío me daba una sensación de alivio; todavía no podía lidiar con el dolor y la rabia.

El hecho de que la policía local había armado un bloqueo en la ruta molestaba y mucho. Me preguntaba cómo supo la policía que Charlie y yo íbamos hacia la ciudad. ¿O estarían allí por otra persona? ¿Era posible que Charlie y yo meramente estuviéramos en el lugar equivocado en el momento equivocado?

Pero dudaba de que hubieran disparado si el objetivo era otro.

Eso quería decir que alguien me perseguía o perseguía al grupo de Quinn.

Y estaban muy cerca.

La luz del sol se filtró por las ventanas de la habitación y me desperté. Había dormido apenas unas horas. Al principio, caí dormida como muerta, pero después me desperté cada quince minutos durante toda la noche. Soñé con Cole y sus hijas, y me despertaba cuando recordaba que él estaba muerto.

Me puse los texanos y una remera. Conté la cantidad de dinero que me había quedado de lo que me diera Quinn y calculé que me alcanzaba para dos noches más y algo de comida. Más tarde, cuando volviera del bar de internet, lavaría mi ropa.

Había poca actividad en las calles que veía desde mi habitación. Guardé el arma en mi mochila y fui al lobby. Un hombre con gafas que me pareció que tendría unos cincuenta años estaba detrás del mostrador, concentrado en el papeleo. Me miró.

—¿Puedo ayudarla, señora? —preguntó, mirando por encima de las gafas.

—¿Usted es el dueño?

—Sí. Me llamo Ernesto. Y usted es... —frunció el ceño, escribiendo algo en su computadora—. ¿Señora Johnson?

Asentí. —Tenemos un amigo en común: Quinn.

De inmediato arqueó las cejas y miró hacia atrás antes de responder.

—¿Y cómo está nuestro viejo amigo? —Una sonrisa fingida reemplazó a la sorpresa inicial.

Me apoyé en el mostrador, y hablé bien bajito para que nadie más oyera.

—¿Tiene manera de contactarse con él?

Cambió la sonrisa por una expresión de preocupación, y dio un paso atrás.

—¿Cuál es el mensaje?

—Anoche nos hicieron una emboscada en la autopista. Uno de sus hombres fue asesinado —Ernesto no parecía alterado—. No sé quién es el responsable, pero la policía está involucrada.

—¿De dónde conoce a Quinn?

—Fui su huésped por unos días.

—Voy a contactar a nuestro amigo en común y le daré la información. ¿Piensa quedarse por mucho tiempo?

—Dos o tres noches; depende de cómo vaya todo aquí en la ciudad. Necesito enviar un email a un amigo que vive en los Estados Unidos —miré hacia la computadora de Ernesto—. ¿Sería tan amable de recomendarme un lugar donde disponer de una computadora?

Levantó las manos, con las palmas hacia arriba. —Lo siento, señora, pero en este momento no funciona el internet del hotel. No sé cuándo volverá el servicio. Hay un bar con internet no muy lejos de aquí —buscó por el mostrador y extrajo una hoja con un mapa de la ciudad. Me mostró la ubicación del bar. En ese momento, sonaron las campanas de la puerta y entró una pareja.

—En seguida estoy con ustedes —les dijo con una sonrisa. Luego se volvió hacia mí, con una conducta algo más profesional.

—Una vez que termine su visita ahí, me gustaría sugerirle que vaya a la joya de Yucatán, el Cenote Natural. Está en un parque a unos pocos kilómetros de aquí; no puede dejar de ir. Hay vestuarios para cambiarse, un bar con snacks y se alquilan equipos para hacer esnórquel. El cenote mismo conduce a una red de cavernas subterráneas, donde uno podría perderse durante días.

Me miró fijamente y después me alcanzó el mapa. —¿Algo más, señora?

—No, gracias. Ha sido muy amable, señor. Buenos días.

—Buenos días, señora.

Doblé el mapa y lo guardé en un bolsillo. Sonreí a la pareja y salí del hotel. Hice un ligero escaneo del área y me dirigí hacia donde Ernesto me había indicado.

Una mujer acababa de colocar un cartel con la publicidad de una panadería local. Le dije que el local olía muy bien; ella me sonrió y me ofreció una muestra. Le dije que volvería en cuanto terminara mis trámites. La normalidad de la situación me ayudó a sentirme mejor, lejos de la ansiedad que sentí ante la reacción de Ernesto. Su sugerencia de ir a visitar el Cenote Natural era su manera de decirme que me fuera de la ciudad y que me escondiera; que el parque sería mi mejor opción. En cuanto me comunicara con Luis seguiría su consejo.

De golpe, vi el cartel del bar. Era un lugar difícil de no notar: pintado de color fucsia brillante con un borde amarillo. Alguien había añadido unas flores de muchos colores , y eso le daba un aspecto alegre, casi loco. El interior estaba oscuro, y tuve que esperar un momento para mis ojos se adaptaran.

Un hombre joven, de unos veinte años, estaba sentado en el mostrador, trabajando en una computadora. Me sonrió; le pregunté cuánto me saldría utilizar una computadora por media hora.

—Si compra un café, señora, costará mucho menos —me dijo sonriendo.

—Muy bien. ¿Puede ser con crema?

—Por supuesto. —Escribió el código de acceso de internet en un pequeño pedazo de papel y lo deslizó por el mostrador. Luego se fue a la parte trasera del local, probablemente a buscar mi café.

Tomé el papel, fui a uno de los dos escritorios con computadoras no muy nuevas y escribí el código. El servicio era lento, pero me lo había imaginado. Unos minutos más tarde, el hombre vino con mi café y un potecito con crema. Le di unos pesos y le dije que guardara el cambio. Me sonrió, me agradeció y volvió a su computadora.

La cuenta de email que había abierto con un alias apareció en la pantalla; introduje mi contraseña. Le escribí un mail a Luis, explicándole que estaba de nuevo en México, pero no le di muchos detalles; solo dije que mi expareja de diez años atrás había estado mirando casas nuevas en el área, y esperaba que Luis entendiera. Le pregunté si podía hacer algo para ayudarme a salir del país y le dije que era una situación similar a la de la última vez que me había ayudado; que solo me quedaba dinero para unas dos noches más en el hotel. No había ninguna razón para alertar a alguno de los empleados de Salazar sobre cómo encontrarme. Ni Luis ni la DEA habían podido identificar al infiltrado. Tal vez todavía estaba entre ellos.

Odiaba tener que pedirle ayuda a Luis después de todo lo que había hecho por mí, pero no sabía a quién más podía acudir. Como no estaba muy segura de lo que podía contar en el mail, agregué una línea sobre mi encuentro con Quinn y sus hombres, sin mencionar nada que los pudiera identificar. Me imaginaba que si Quinn había trabajado para la DEA, Luis sabría quién era y por qué estaba aquí.

Contenta, presioné "enviar" y me senté a terminar el café. Miré hacia afuera, a la calle toda arbolada: un sedán oscuro pasó demasiado despacio. Tensa, esperé para ver si volvía. Lo hizo a los dos minutos, pasando por segunda vez por la calle sumida en la sombra por los árboles.

En cuanto el sedán se perdió de vista, me puse de pie de un salto y tomé mi mochila. El joven de la computadora me miró; la sonrisa se le congeló cuando vio el sedán que pasaba por el frente.

—¿Hay salida por la parte de atrás? —pregunté, tratando de no sonar demasiado ansiosa.

Asintió, con cara de preocupación. —Da a un callejón. Puede ir a la izquierda o a la derecha. Por favor, váyase ya, ¿sí?

No me lo tuvo que pedir dos veces.

Pasé por una habitación trasera, llena de cajas y muebles viejos, luego por la cocina y salí por la puerta de atrás. Apenas había salido al callejón y ya sentía voces que venían del frente del local. Con el corazón a todo galope, doblé a la derecha y corrí a toda velocidad. Si me estaban buscando, el sedán tendría que dar la vuelta por la calle para venir hacia aquí. Oí que una puerta se abrió de golpe por detrás, justo cuando daba la vuelta en la esquina. Más vale que volara.

Pasé a toda velocidad por entre la gente que estaba poniendo la mercadería de sus locales en la calle. Había muchos depósitos vacíos. Me animé a mirar hacia atrás para ver cuán cerca estaban, y casi choco con un hombre que estaba sacando un bote de basura a la vereda.

El chirrido de las ruedas que frenan de golpe por detrás de mí me impulsó a doblar en la esquina, y me hizo recordar mi huida de los hombres de Salazar años atrás. Volví a doblar en otro callejón, buscando un lugar para esconderme, para descansar y pensar. Había una Toyota Land Cruiser oxidada estacionada cerca de un edificio, a unos pocos metros. Salté unas cajas de cartón y de madera y me escondí cerca de la puerta trasera.

Con el corazón desbocado, de espaldas a la Land Cruiser, miré por el costado de la Toyota justo cuando el sedán oscuro pasaba. Me hice más chiquita y me paralicé de miedo, aterrada de que me descubrieran. Esperé un latido; luego dos. Cuando no los oí volver, me acordé de exhalar.

Extraje el mapa de la ciudad de mi bolsillo. Había dos rutas principales para entrar o salir de Tabai. Una era una ruta principal, con peaje; la otra era más utilizada por los locales y llevaba derecho al Cenote Natural. Si me las arreglaba para llegar al parque sin que me rastrearan, podría esconderme en las cuevas. Allí había agua y podía esperar a que las cosas se calmaran. El bar con snacks también ayudaría.

No se me ocurría otro plan mejor, así que tomé la mochila y observé la calle con atención. Nada de tráfico. Agazapada, atravesé el callejón, permaneciendo siempre medio oculta. Llegué el final y miré hacia izquierda y derecha. Si tenía suerte, el sedán me estaría buscando por otra calle.

Doblé a la izquierda, corriendo, y en seguida llegué a la plaza principal. Había mucha gente caminando en el centro, y eso me hizo sentir más segura, al igual que la cantidad de vehículos que andaban por las calles del centro. Pegada a las sombras, entraba y salía de los negocios, siempre mirando a la calle, buscando el sedán negro.

Vi la ruta que llevaba al parque y aceleré la marcha. Un patio grande, sin techo, se interponía entre la próxima manzana y yo. Había una antigua iglesia española a mi derecha. Tomé aire y me lancé a cruzar.

Iba por la mitad del camino cuando se oyó el sonido de petardos detrás de mí. Alguien gritó. La gente a mi alrededor se agachó, y sentí las balas que rebotaban en la vereda; el concreto explotaba a nuestros pies. Una mujer con una bolsa llena de compras la tiró al piso y corrió a buscar refugio. Latas y vegetales rodaron por la calle. Un niño lloró. Me di vuelta y llegué a ver al sedán negro estacionado en el medio del bulevar, con las dos puertas abiertas y dos hombres con gafas de aviador de pie junto a las puertas. Los dos tenían armas apuntando en mi dirección. Me agaché y rodé por el callejón, hasta llegar a la pared de concreto de la iglesia. Muchos habían hecho lo mismo; otros entraron en la iglesia.

Abrí la mochila y busqué el arma, agradecida de que la había cargado en el campamento. Vi que tenía un agujero en el bolsillo: había tenido suerte. Había un sendero que llevaba al frente de la iglesia y se abría en una "Y". Había arbustos que impedían la visión entre el sendero y la plaza, pero no eran muy seguros. Miré hacia el otro lado, pero era peor.

Conté hasta tres y corrí por el costado de la iglesia. Los disparos me siguieron mientras volaba hacia el sendero.

Oí ruido de puertas que se cerraron con violencia y ruedas

que chirriaron por detrás de mí. Los automóviles tocaban bocina y la gente gritaba. Sin aliento, ignoré el miedo y la desesperación; sabía que si no encontraba un refugio me iban a matar aquí.

El silencio escalofriante que reinaba dentro de la iglesia era un enorme contraste con el caos que había afuera. El sendero dobló y llegué a un edificio más pequeño...que daba a un punto muerto.

Alarmada, miré para todos lados, buscando un lugar donde esconderme. Estaba en un patio interior de la iglesia, con una fuente vacía en el medio. La fachada, del siglo XVI, se estaba derrumbando. No veía ninguna salida. Había arcos al frente de pasillos que llevaban a puertas cerradas. Corrí de una entrada a la otra, probando todas, sin suerte.

En mi segundo circuito, pasé junto a una ventana que no había notado antes. No era una ventana muy grande, pero si podía abrirla, podría entrar por ahí. Estaba demasiado alta para patearla: la parte inferior del marco me llegaba al mentón; y el estuco hacía que fuera una superficie demasiado suave para trepar. Arrojé mi mochila al suelo y corrí hacia atrás, a un lugar donde había visto un par de sillas de hierro forjado. Con lo que me quedaba de fuerza, intenté arrastrar una hasta debajo de la ventana, pero ni se movió.

Presa del pánico, corrí al centro del patio hacia la fuente vacía. En un costado, había una pila de varias tablas de madera bien largas, junto con trozos de caños de metal que parecían de andamios. Tomé una tabla por el extremo y medio la llevé, medio la arrastré hasta la ventana. La puse contra la pared, como si fuera una rampa bien finita. El otro extremo de la tabla llegaba justo bajo la ventana. Pero como no tenía en qué fijar el otro extremo de la tabla, volví por otra más. La puse sobre el piso, contra el extremo de la otra, y la apoyé contra una pared bajita que rodeaba el patio; mi improvisada rampa estaba lista.

Me puse la mochila sobre un hombro y subí a la tabla, intentando mantener el equilibrio. La tabla se dobló bastante por mi peso, pero me sostuvo. Trepé hacia la ventana, y cuando se puso demasiado inclinada la rampa, me puse en cuatro patas y gateé el resto del trayecto.

Cuando llegué bien cerca de la ventana, me quité la mochila. Con una mano, la impulsé hacia atrás y adelante, para ganar envión. En el tercer balanceo, la tiré a la ventana. El cristal se rompió. Me quedé escuchando, pero no oí nada por detrás de mí. Eso no quería decir mucho, porque el lugar y la forma del patio impedían que se oyeran los ruidos de la calle. Apoyé los pies en el marco de la pared para mantener el equilibrio y quité algunos trozos de cristal para poder entrar. Primero lancé mi mochila, luego metí la tabla hacia la oscura habitación, y por último, yo.

18

L A HABITACIÓN, FRESCA Y OSCURA, tenía un olor a humedad que siempre había asociado con los edificios viejos. A medida que mis ojos se fueron adaptando a la escasa luz, vi los muebles de la habitación de un monje: un catre en un rincón y un crucifijo colgado de la pared, por sobre el catre. Había una mesa de luz pequeña junto a la cama; sobre ella, un misal muy desgastado y una lámpara. Había una puerta con forma de arco en el otro extremo de la habitación, y hacia allí corrí, rezando para que no estuviera cerrada. Rezar parecía algo apropiado, dadas las circunstancias.

Mientras tomaba el picaporte, oí voces muy animadas que venían del exterior y se filtraban por la ventana rota. El picaporte hizo un ruidito y se abrió la puerta. Yo la cerré por detrás de mí y corrí.

Estaba en un pasillo largo, flanqueado por más puertas arqueadas cerradas. Había una que era más grande que las demás puertas, al final del pasillo, y me pareció la mejor opción. Corrí hacia allí y la abrí. Una vez adentro, la luz que entraba por las ventanas del triforio me hizo parpadear. Por los cristales de color, parecía que estaba en el transepto de la catedral. La oscura nave de la iglesia se extendía ante mí. La entrada principal estaba a mi derecha. Espié por un rincón y vi que había varios grupos de personas asustadas sentadas en los bancos, todos juntos, hablando en voz baja. La mayoría parecían turistas, pero había algunos locales.

La enorme puerta de entrada de la iglesia se abrió y entraron muchos policías locales. Me senté cerca de uno de los grupos, en un banco ubicado cerca de la mitad del edificio. Volví la cabeza para que no me vieran. Junto a mí, sobre el banco, había un sombrero grande con ala. Había una mujer mayor, que me imaginaba era su dueña, sentada al lado del sombrero, de espaldas a mí, hablando con otras dos mujeres en voz baja. Sin que se dieran cuenta, me puse el sombrero en la falda y me fui hacia otro banco.

—Todo el mundo tiene que salir de la iglesia de inmediato —ordenó uno de los policías en inglés y en español—. Los tiradores fueron detenidos. Ahora es seguro que salgan.

Voces excitadas que hablaban diferentes idiomas hacían eco por la cavernosa habitación a medida que la gente se ponía de pie y se dirigía hacia la entrada. Aproveché la confusión para ponerme el sombrero. Uno de los policías se había ubicado en la puerta y observaba las caras de todos, buscando a alguien, evidentemente. Un par de gafas de sol asomaban del bolso de una mujer cerca de mí. Cuando estaba por tomarlas, ella se dio vuelta. Retiré la mano en seguida y miré hacia otro lado. Sentí sus ojos fijos sobre mí durante un momento bien tenso, hasta que por fin siguió caminando hacia la entrada. Me acerqué a ella y mantuve la cabeza hacia abajo. Esta vez las gafas terminaron en mi bolsillo.

Dejé pasar a unas personas más para que se ubicaran entre ella y yo, que iba más atrás. En cuanto la perdí de vista, me puse las gafas.

La multitud continuó hacia la puerta, y yo me ubiqué lo más

lejos posible del policía que estaba junto a la entrada, pero siempre permaneciendo entre la gente que se dirigía a la salida. Al pasar por allí, miré hacia el otro lado.

Acababa de pasar por la puerta cuando sentí una mano en el brazo. Contuve la respiración y me di vuelta. Era la dueña del sombrero.

—Ese sombrero me resulta conocido —dijo en tono de acusatorio.

Yo sonreí e intenté mantener la calma y parecerlo también, mientras me seguía moviendo entre la multitud.

—¿Disculpe? —dije, inclinando la cabeza, actuando como si no entendiera.

Sigue caminando, Kate.

—Ese sombrero es mío —dijo, levantando la voz. Sus dedos se clavaron con más fuerza en mi brazo, sorprendiéndome por la fuerza que tenía la mujer.

Llegamos al frente de la iglesia y caminé hacia un lado, llevándola conmigo. Ella frunció el ceño pero me siguió, aunque ya estaba por protestar. Me quité el sombrero antes de que me dijera nada más y se lo puse entre los brazos, me di vuelta y me alejé caminando con calma, acercándome a otro grupo.

La actividad sobre la vereda se había calmado. Seguí caminando, escaneando la calle para ver si veía el sedán, pero no estaba. Parecía que la mayoría de la población había decidido estar en otro lugar en ese momento. Había dos vehículos de la policía estacionados al frente de la catedral; otro obstáculo a sortear. Un par de oficiales vigilaban la plaza. Pasé cerca de ellos, dejando siempre una persona o dos delante de mí.

Hasta ahora, todo bien. Seguí con el grupo de turistas hasta que llegamos a un cruce de calles que reconocí y recién ahí me aparté, en cuanto sentí que la policía no me vería alejarme.

Me apuré por el bulevar y empecé a caminar hacia la ruta que me llevaría al parque. Diez minutos después, vi el cartel y hacia allí me dirigí, pasando junto a un restaurante de carne asada, un negocio donde reparaban televisores y otra panadería. El calor ya se sentía con fuerza y añoré el sombrero de la mujer, sobre todo si uno de los policías o un miembro del cártel pasaban por allí. Estaba demasiado expuesta y me tenía que esconder cada vez que sentía que venía un vehículo.

No tardé mucho en llegar a las afueras de la ciudad, lo que significaba que no iba a poder ocultarme, a no ser tras un árbol o en una casucha abandonada. La mayor parte de la jungla había sido limpiada para el cultivo o algún otro tipo de desarrollo; el resto había sido invadido por los yuyos.

Caminaba a un paso constante, sin gastar demasiada energía bajo el calor del mediodía. Los pesos que tenía en el bolsillo iban a alcanzarme para entrar al parque que rodeaba al cenote y tal vez pudiera comprar algo en el bar. Una vez que llegara allí, pensaría cuánto tiempo tendría que permanecer oculta, ahora que los cazadores me habían descubierto.

19

MIS BOTAS NO ERAN el calzado apropiado para caminar más de dos kilómetros; tenía ganas de tener una bicicleta. Junto con la alta temperatura y humedad, saber que yo había provocado otra muerte en mi lista me hacía sentir con un humor de mierda. No me había dado cuenta de que estaba hablando en voz alta hasta que vi una bandada de zanates en un árbol.

Volaron todos juntos, haciendo un ruido que me aceleró el corazón. Al mismo tiempo, un vehículo venía por atrás; decidí deslizarme a la zanja al costado del camino, de pastos bien altos. Si no hubiera sido por los pájaros, tal vez ni hubiera oído el automóvil. En cuanto la camioneta de color claro pasó, exhalé y suspiré aliviada, salí y seguí caminando. El dolor en la espalda era permanente, pero ya estaba acostumbrada. La respiración suave era mi mejor amiga.

Luego de un par de situaciones similares, y con mis pantalones empapados hasta las rodillas por el agua de la zanja, vi un cartel que anunciaba la entrada al parque. Seguí las flechas hasta el enorme estacionamiento, lleno de autobuses de turismo. Perfecto. Me encantaban las multitudes. Unos minutos más tarde, estaba haciendo fila para comprar un ticket.

El hombre en la ventanilla me sonrió y miró por si estaba con alguien más.

—¿Un solo ticket, señora?

—Por favor —busqué el dinero en mis pantalones, mientras leía los precios en una tabla—. Con equipo de esnórquel. También me gustaría contratar un guía.

—Contratar un guía es una buena idea, sobre todo si está sola —me dio un ticket por la ventanilla—. Puede buscar el equipo por allá —señaló un quiosco con tablas de flotación de colores brillantes, máscaras para esnórquel y aletas—. El nombre de su guía es Juan. Se encontrará con usted en la entrada. Dele este ticket. Allí también tiene un lugar para cambiarse.

Le agradecí, guardé el ticket y fui hacia el quiosco. Recogí mi equipo de esnórquel, un salvavidas y un sombrero de ala ancha y fui a los cambiadores, siempre alerta. Los hombres que me perseguían no tenían idea de en dónde me escondería. Me imaginaba que el parque sería uno de los últimos lugares donde me buscarían, si es que siquiera se molestaban. Aun así, no quería arriesgarme. Todo lo que necesitaba ahora era un plano de las cuevas, y se lo iba a pedir a Juan, mi guía.

El vestidor estaba vacío, y olía a jabón y champú. Había una serie de bancos por debajo de los cuales se veían varios pares de zapatos, frente a unos armarios de metal. Los turistas que vinieron en autobús ya estaban en las cuevas. Me quedé en ropa interior, confiada en que el corpiño y la bombacha, ambos negros, parecerían un biquini. Se me veían los moretones que me habían quedado del ataque con el lanzagranadas, pero no podía hacer nada para ocultarlos. Busqué en todos los armarios que no tenían candado hasta que encontré una toalla de playa blanca y una camisa; las guardé en mi mochila junto con mis texanos, las botas y mi remera.

Mientras me acercaba a la entrada a las cuevas, vi un hombre joven y apuesto en traje de baño escocés y una remera con la insignia del parque, de pie junto a un letrero donde estaban las reglas del lugar tanto en inglés como en español.

—¿Tú eres Juan? —le pregunté, con una sonrisa. Él asintió y me preguntó mi nombre, y le dije que era Ava. Me pidió el ticket y se lo di.

Le expliqué que no tenía armario en el cambiador, y que me gustaría llevar mis cosas conmigo. Él desapareció durante unos minutos y volvió con un flotador y una bolsa de plástico grande. Dentro de esa bolsa puse todo lo que no quería que se mojara y él la cerró.

—Sígame, por favor —dijo, caminando escalones abajo, hacia la cueva. Miró mi biquini y frunció el ceño—. ¿No le gustaría un traje de neoprene? Según el tiempo que uno está en el cenote, el agua puede ponerse muy fría, por debajo de los veinte grados.

—No, gracias, voy a estar bien. —No quería alquilar un traje, porque sabía que, al final del día, tal vez ellos no notaran que les faltaba un equipo de esnórquel, pero algo tan caro como un traje de neoprene se notaría de inmediato. Vi un kayak de color amarillo, de casco abierto, y le pregunté si había botes para alquilar.

—Por desgracia no, señora. Estos kayaks son solo para los empleados.

Me imaginé que los utilizarían para emergencias, por si algún turista sin chaleco salvavidas tenía dificultades en aguas profundas.

Seguimos por los escalones hasta llegar al borde del agua. Varias personas estaban flotando con las máscaras de esnórquel y muchas tenías chalecos salvavidas. El agua era de un color turquesa brillante, muy fuerte y transparente. Algunos valientes saltaban desde una plataforma dentro del agua profunda, y gritaban de placer. Los niños se reían y jugaban cerca de los escalones, al cuidado de sus padres; los más grandes flotaban hacia la caverna, siguiendo a los guías.

Juan entró en el agua y puso la bolsa de plástico con mis ropas y la mochila sobre el flotador, junto con una linterna grande.

—No pierda de vista el flotador —me indicó. Yo asentí y me puse el equipo. Él hizo lo mismo y nadamos entre la multitud, hacia la parte trasera de la caverna. El agua fría se sentía refrescante, luego de mi larga y acalorada caminata. Una vez que nos alejamos de los otros grupos, Juan se detuvo y se puso la máscara sobre la frente. Con una mano sostenía el flotador. Yo hice lo mismo.

—Los cenotes son pozos de agua fresca que para los mayas eran sagrados; para ellos, los cenotes eran la entrada al bajo mundo —señaló a las formaciones de piedra caliza sobre nuestras cabezas—. Durante miles de años, la superficie porosa de la Península de Yucatán ha filtrado agua de lluvia que, a su vez, creó un sistema subterráneo de ríos y cavernas. Es un fenómeno único de esta parte de México, y constituye la red de cavernas más grande del mundo. En la actualidad, se estima que hay unos seis mil cenotes tanto en Yucatán como en Quintana Roo.

—Impresionante —dije, observando los lugares donde me podría esconder durante la noche—. ¿Podemos ir más adentro por la caverna? Me encantaría ver más de este sistema subterráneo de ríos del que tanto he oído.

—Por supuesto. —Juan se puso la máscara, yo también, y seguimos.

Cuanto más adentro de la caverna íbamos, más oscuro se ponía el lugar. Nos detuvimos varias veces, mientras Juan me explicaba las características de las cuevas. Unos treinta minutos más tarde, llegamos a lo que Juan dijo que sería la última parada, y prendió la linterna para iluminar el techo. El haz se posó sobre una enorme formación rocosa sobre nuestras cabezas, con docenas de estalactitas que bajaban hacia el agua. Observé dos canales distintos más adentro de la caverna, y le pregunté a Juan sobre ellos.

—Cada uno lleva a un lugar diferente. Como dije antes, el sistema subterráneo es enorme.

—Leí en algún lugar que, a menudo, estos ríos llevan a otros cenotes que están más lejos, en la jungla.

Juan asintió. —Es verdad. Algunos están menos desarrollados que otros —movió el haz de la linterna para iluminar el canal que estaba a nuestra derecha—. Por ejemplo, los exploradores han seguido por este de aquí y llegaron a un antiguo sitio maya que no había sido descubierto antes.

—¿Está abierto al público?

—Todavía no. Los arqueólogos todavía están explorando las ruinas y catalogando los artefactos. Van a pasar muchos años antes de que se abra al público.

Sentí un ligero tirón y me sostuve con más fuerza del flotador.

—¿Hay una corriente aquí? —No se me había ocurrido que eso podía pasar, pero era un río, y los ríos generalmente tienen corrientes.

—Sí. No se siente a la entrada de la caverna, pero se va haciendo cada vez más fuerte a medida que uno se va adentrando —me iluminó con la linterna—. Parece que se está enfriando. ¿Quiere volver a la caverna principal?

—Seguro —dije—. Este es un tour tan fascinante que quisiera que no terminara todavía. ¿Podemos tardar un poco en volver y usar la linterna?

Juan estuvo de acuerdo y mantuvo la linterna encendida hasta que llegamos a la entrada, siempre contando historias de los diferentes lugares que pasamos. Un poco más tarde, llegamos a la caverna principal.

—¿Le gustaría explorar un poco más por su cuenta? —me preguntó.

—Me encantaría. Gracias, Juan.

—Muy bien. Solo recuerde devolver el equipo de esnórquel en el quiosco, antes de que el parque cierre, a la tarde.

Me ayudó a llevar mis cosas hasta una plataforma de observación bajo el sol, para que me calentara un poco. Nos dimos la mano y le di una propina. Él se fue a guiar otro tour.

El sol había bajado algo, y calculé que serían las tres o tres y media de la tarde. El parque cerraba a las cinco y media, lo que significaba que tenía tiempo libre. Me puse las gafas de sol y me recosté sobre la toalla prestada, con la esperanza de que tuviera un tiempo para relajarme antes de que el parque cerrara.

Me levanté un poco después, y vi que el parque se había vaciado algo. Solo quedaban unos pocos bañistas. El estómago me empezó a gruñir; me puse la remera y tomé la mochila. Le pedí a una familia que me cuidara el equipo mientras iba a comprar comida.

Mientras esperaba en la fila mi pedido de nachos, dos hombres completamente vestidos que andaban entre la multitud me llamaron la atención. Todo el mundo andaba en shorts o traje de baño; esos hombres se destacaban del resto. Me escondí un poco detrás del hombre que estaba delante de mí, que se interponía entre los hombres y yo. Los dos tenían gafas de sol, pero por la cara de pocos amigos y su actitud, era evidente que estaban buscando a alguien, y no precisamente para regalarle bombones.

Los dos se detuvieron a hablar; el más alto era el que más hablaba. El más bajo asintió y se separaron. Uno fue a los baños; el otro venía directo al bar.

Con el corazón en la boca, me agaché y salí de la fila,

haciéndome paso entre un grupo de turistas. Di la vuelta al edificio y observé los alrededores para ver si veía al otro hombre. Estaba de pie cerca del baño de damas. Había un grupo de mujeres saliendo de allí. En cuanto ellas se fueron, él entró.

La entrada a la caverna estaba a varios metros a mi izquierda. Me quité la remera y la guardé en la mochila. Me puse el sombrero bien bajo, ocultando la cara todo lo posible. Luego me puse las gafas de sol y caminé de nuevo hacia el cenote, contenta de que nadie notaría los acelerados latidos de mi corazón ni mi boca seca. Le mostré el ticket el hombre de la entrada y bajé los escalones hacia la plataforma de observación. Me acerqué a mis cosas y sonreí a la familia que me las cuidó. Les agradecí y tomé mi equipo. Intentaba aparentar que estaba relajada y sin apuro. Continué por los escalones hasta el borde de la piscina y me metí en el agua.

Calma, Kate. No llames la atención. Puse la mochila y la linterna sobre el flotador y me puse el equipo de esnórquel. Las aletas, al final.

—¡Oye! ¡Tenga cuidado! —dijo alguien, más arriba. Me hundí en el agua, ocultándome con el flotador, y miré hacia arriba.

El hombre más alto se había detenido a mitad de camino hacia abajo, y estaba observando a los bañistas que quedaban. La gente que estaba cerca de él lo miraba de mala manera, hasta que el hombre se quitó las gafas y los miró fijo. Todos los que estaban a su alrededor desaparecieron de inmediato. Miró en mi dirección, pero antes de que me viera, me alejé nadando. Una vez que hice unos pocos metros, empecé a practicar esnórquel; la máscara era un disfraz más que bienvenido.

Oí un silbido o silbato estridente, pero seguí nadando como si no hubiera oído nada. Pasé por la primera sección de la caverna y miré por si quedaba a la vista de la gente que estaba en la plataforma. Por suerte, no era así. Pateé fuerte con las aletas y seguí, pasando un grupito que estaba volviendo.

Seguí nadando hacia adentro, con una sola mano, porque con la otra, empujaba el flotador con mis cosas. Llegué bien adentro de la caverna; ahora me protegía la oscuridad. Me detuve y encendí la linterna para ver dónde estaba. Calculé que estaba a mitad de camino de donde venía la bifurcación en dos canales, así que apagué la linterna para no gastar las baterías. En medio de la total oscuridad podía oír el goteo del agua desde arriba. Sentí un frío que me corrió por los brazos y llegó al cráneo. La excursión con Juan me había hecho bajar la temperatura del cuerpo. Era evidente que no había estado fuera del agua lo suficiente para recuperar el calor. Con un estremecimiento involuntario, me obligué a cerrar la boca para evitar que me rechinaran los dientes. Si no me seguía moviendo, y rápido, el matón que me buscaba iba a ser un problema menor.

Seguí nadando, no haciendo caso del frío. Cada tanto me detenía para escuchar. Mi instinto me decía que siguiera adelante, pero mi cuerpo tenía la última palabra. Volví a encender la linterna con la intención de ver si encontraba una superficie donde subir y salir del agua congelada.

En el medio del canal había una formación de piedra caliza con varios terrones y agujeros en la superficie. Floté hacia allí y empujé el flotador hasta la roca para no perderlo. Luego, subí yo.

Con los dedos entumecidos, abrí la bolsa de plástico y luego la mochila. Extraje la toalla y me la puse sobre los hombros. Me froté brazos y piernas para evitar el entumecimiento. Después empecé a hacer varios movimientos con los brazos para entrar en calor.

Me pareció oír un ruido y me paralicé. Se veía una luz tenue a la distancia, junto con el sonido rítmico de un chapoteo, como si alguien se estuviera acercando en un bote.

Mierda. Hice memoria del equipo que estaba disponible para alquilar, pero no había botes. *Ellos deben haber tomado el kayak de la entrada.*

Lo que quería decir que lo habían hecho a la fuerza.

A medida que el ruido continuo se hizo más fuerte, metí la toalla dentro de la mochila, la cerré y empujé el flotador de nuevo al agua. Salté de la roca y nadé para salvar mi vida.

20

IMPOSIBILITADA DE UTILIZAR la linterna, por si los hombres que me seguían la veían, me quedé del lado derecho de la caverna para no pasar de largo por el canal. Era imposible saber dónde estaba en esa oscuridad absoluta. Me empezaron a inundar los recuerdos de cuando me enterraron viva en una mina abandonada en Arizona, y me estremecí. Al menos, ahora no tenía que lidiar con serpientes; el agua estaba demasiado fría para las víboras. Es decir, eso esperaba. Con suerte, aguantaría lo suficiente para llegar al canal, pasarlo y buscar un lugar donde esconderme.

Me castañeteaban los dientes y nadar me resultaba cada vez más difícil. El chapoteo detrás de mí se oía cada vez más cerca; empecé a nadar de costado para minimizar el ruido. Respiraba de a bocanadas y el ruido que hacía me parecían bombas. Yo sabía que ellos no iban a poder distinguir mi respiración de los otros sonidos de la caverna. Al menos, hasta que estuvieran muy cerca.

Se me estaban entumeciendo los brazos por el frío; tomé el flotador con las dos manos y pataleé, de espaldas. Murmullos flotaban hacia mí por el agua, y seguía viendo la luz de una linterna que rebotaba en las paredes.

Tenía que encontrar un lugar para esconderme. Ya ni sabía si sería capaz de salir del agua, en estas condiciones.

La luz se hacía más grande; me obligué a patear más fuerte, pero ellos me iban sacando ventaja. El frío se me había colado en todo el cuerpo, y me resultaba muy difícil moverme. En unos pocos minutos, ellos me alcanzarían, la luz me atraparía y moriría en el agua.

Literalmente.

¿Así iba a ser mi final? ¿Muerte por hipotermia o por una bala en la cabeza, dentro de una caverna, en México, atrapada por los matones de mi ex? ¿En serio?

A la mierda con eso.

Con un esfuerzo supremo me obligué a patear más rápido, sin hacer caso del entumecimiento, que era cada vez mayor. Con mucha dificultad seguí moviéndome.

Sin advertencia, la corriente se aceleró y mis brazadas se hicieron más fáciles. Había llegado a la división del canal. Empecé a moverme con más velocidad. Pronto, el borboteo de la corriente reemplazó el chapoteo de los hombres, y me volví a encontrar en la más intensa oscuridad.

Exhausta, me aferré al flotador y pensé que hubiera sido bueno hacerle más preguntas al guía sobre el río. ¿Cuán profundo era? ¿Cuánto tiempo pasaría hasta encontrar un lugar donde podría salir?

Y lo más importante: ¿el canal seguía abierto, como ahora, o se estrecharía tanto que tendría que nadar bajo el agua?

Me invadió la claustrofobia y luché para subir al flotador, con la esperanza de sacar una parte del cuerpo fuera del agua. Lo logré parcialmente, porque la corriente me seguía balanceando a todos lados. Casi se me cae la linterna al agua; casi.

La encendí e iluminé a mi alrededor, intentando ver en

dónde estaba. La linterna iluminó una especie de caño de piedra caliza de bordes suaves. La corriente, cada vez más veloz, me impedía salir del agua. Cuando me di cuenta de que no tenía control de la dirección ni de la velocidad, la ansiedad se convirtió en pánico. No tenía manera de detenerme; solo podía desacelerar un poco si me iba sosteniendo de las paredes de la caverna. Pensé en una abrasión severa y en huesos rotos y dejé de utilizar la pared para aminorar la marcha. No quería ser un ancla humana.

Para no enloquecerme, apagué la linterna para no ver más y seguí adentrándome en el agua. Si la caverna se estrechaba demasiado, el flotador se quedaría atascado primero y eso evitaría que me golpeara la cabeza contra las rocas; pero tal vez me golpeara las piernas.

Seguí impulsada por la corriente y me vi como impulsada al olvido. Sosteniendo el flotador con la bolsa de plástico que contenía mi mochila, intenté permanecer en el centro de esa especie de caño. Demasiado tarde; me golpeé con fuerza contra la pared de roca y me lastimé el costado del cuerpo. Tenía el brazo tan entumecido que ni sentí el golpe. Por un momento se me soltó el flotador, pero lo recuperé de inmediato.

Eso debe haber sido una curva. ¿Y ahora qué? ¿Cómo puedo disminuir el peligro?

¿Cuándo terminaría este paseo gratis en montaña rusa?

Mis dedos parecían salchichas de plomo, y tenía miedo de que no lograra aguantar lo suficiente para atravesar este canal salvaje. El flotador y yo nos deslizábamos sin control. Con los brazos cansados, me subí un poco más arriba del flotador, y el mentón me quedó casi en el borde. Si hubiera tenido más fuerza, habría puesto los pies hacia adelante, una posición mucho más segura, pero era imposible. Con los brazos extendidos, aferrando los costados del flotador con los dedos, más no podía hacer. La velocidad siguió aumentando y después...

Nada.

El flotador se me soltó; el fondo desapareció y caí, sumergiéndome en la oscuridad. Muerta de miedo, esperaba con una espantosa ansiedad el golpe del aterrizaje, y contuve el aliento.

Un poco después, quedé sumergida bajo el agua. Luché para emerger, pero la fuerza del agua me arrastraba hacia abajo, obligándome a permanecer sumergida. Entumecida del frío y más que exhausta, dejé de resistirme y me dejé arrastrar hacia las profundidades, oscuras y frías.

Los pulmones empezaron a gritar pidiendo aire, y empecé a entrar en pánico. Desorientada, agité los brazos e intenté nadar para alejarme de la caída de agua.

Emergí tosiendo y escupiendo en el aire. Todavía en la oscuridad e hirviendo de adrenalina, empecé a nadar para buscar el flotador con mi mochila.

Aliviada de que ahora no había corriente, me dirigí a la izquierda. El sonido de un chapoteo me indicó que había una roca o que estaba cerca del costado de la caverna. Me dirigí hacia el sonido y mi mano se golpeó contra algo duro. Aferrada a la linterna, la encendí. El haz era más débil, pero pude ver bien.

Una capa de piedra corría por el costado de la caverna, fuera del agua. Estaba a unos pocos centímetros para subir, pero me parecían kilómetros. Ya no sentía la adrenalina; me sentía débil y entumecida. El esfuerzo de intentar subir a esa roca me parecía imposible. Seguí iluminando la caverna y vi una segunda capa de piedra, como una cornisa, al otro lado. Esta llevaba a la anterior, en una especie de peldaño natural. Vi mi mochila que flotaba cerca. Solo tenía que nadar y trepar.

Si se hubiera tratado de un acantilado bien vertical, habría reaccionado igual. Me parecía imposible de trepar. No iba a suceder.

Estás tan cerca, Kate. No te rindas ahora. Nada.

No era muy fanática de la muerte por hipotermia. Dejé encendida la linterna y me alejé de la pared, intentando tomar mi mochila. A cada brazada me iba hundiendo más. Intentaba mantener la cabeza fuera del agua, acercarme a la mochila y a la cornisa de roca. Por fin, mi mano izquierda encontró la roca y me impulsé hacia arriba, hacia la cornisa más baja.

Descansé por un momento, escuchando mi respiración y sintiendo que el corazón se me salía del pecho. Una vez que recuperé el aliento, me senté y me estiré a tomar la bolsa de plástico que tenía mi mochila en su interior. Luego de varios intentos, por fin pude desatar la bolsa. Abrí el cierre de la mochila y saqué la toalla, mi remera y la camisa que había robado, mis texanos y las botas. Me sequé el pelo con la toalla y me envolví la cabeza, como si fuera un turbante. Empapada, muerta de frío y sin sentir mis extremidades inferiores, me obligué a incorporarme a ponerme los texanos. Vestirme me llevó mucho más tiempo de lo normal, y ponerme las medias y las botas fue un desafío mayor, pero me las arreglé para hacerlo. Recordé que tenía goma de mascar, y luego de varios intentos abrí la caja y tomé dos que fueron de inmediato a mi boca. Cualquier cosa con tal de evitar que los dientes me siguieran castañeteando.

Iluminé al frente y me tambaleé por la cornisa superior, con cuidado de no perder el equilibrio y volver a caer al agua.

Había caminado unos cuantos minutos cuando llegué a otro canal que se dividía, a mi derecha. Tenía dos opciones: o saltaba o doblaba a la derecha.

Doblé a la derecha.

Había perdido la noción de cuánto tiempo había andado por ahí cuando sentí una corriente cálida de aire que venía de algún lugar hacia adelante. *Pensamiento positivo, Kate. Sigue andando.*

Cuanto más adelante iba, más cálido era el aire, hasta que el túnel dobló hacia la izquierda. Me pareció ver un débil brillo que titilaba más adelante. Pestañeé, para estar segura. La luz seguía estando allí. Sentí que me renacía la esperanza y seguí hacia la fuente de luz; mi cuerpo ahora con otra energía ante la posibilidad de encontrar calor.

La temperatura subió y pronto me gané la compañía de unos insectos voladores muy curiosos: una libélula, dos abejas y alguna polilla. A este grupito le siguió una cantidad enorme de murciélagos que revoloteaban alrededor de mi cabeza. Sentí un zumbido cerca de mi oreja; nunca me había sentido tan feliz de oír un mosquito en mi vida.

El túnel se ensanchó y me encontré dentro de una caverna más ancha. El río, ahora un chorrito, había sido reemplazado por rocas y arena.

Salí por la boca de la caverna a la desvanecida luz del día. El calor de la tarde me invadió el cuerpo, y me quedé con la cabeza hacia abajo y los ojos cerrados, dándole la bienvenida.

Unos minutos después, me acordé de apagar la linterna y dejé caer la mochila al suelo. Abrí los ojos y miré a mi alrededor. La densa jungla me rodeaba.

Los murciélagos continuaban su bombardeo; tomé la mochila y caminé por el suelo rocoso, sin saber a dónde ir pero agradecida de estar fuera de las cavernas y en un lugar cálido...

... y lejos de los hombres que me perseguían.

21

NO VAGUÉ MUY LEJOS. Con solo una densa jungla a la vista durante la corta caminata, me di cuenta de que estaba demasiado cansada para seguir. El sol se había puesto, y las sombras eran cada vez más largas. Quería encontrar un lugar para refugiarme, ya que parecía que iba a tener que pasar la noche allí.

De vuelta en la boca de la caverna, puse mi mochila bien alta sobre las rocas, por arriba de la entrada, y trepé a su lado, ocultándome atrás de un enorme peñasco. Tomé el arma y la puse junto a mí. Ya era casi de noche y no me sentía segura de caminar por ahí con la débil luz de la linterna. Por suerte, la temperatura del cuerpo se me había recuperado y ya no temblaba de manera involuntaria. Sacudí la bolsa de plástico y metí los pies en su interior, envolviendo la bolsa hasta las pantorrillas, para calentarlas. Al menos, ahora tenía una posibilidad de sobrevivir a las bajas temperaturas que iban a venir a la noche.

Dormité por un rato pero me desperté de golpe porque oí el crujido de césped seco y de ramas que se rompían. Inmediatamente en estado de alerta, tomé el arma y apunté hacia el ruido, espiando por detrás de la roca hacia la oscuridad. Por la luna todavía baja en el horizonte y el terreno casi todo en las sombras, apenas pude distinguir una forma junto a un arbusto a varios metros de la caverna. Me puse tensa y lo apunté con el arma, esperando a que el desconocido visitante se acercara, así tendría una idea más aproximada de a qué estaba por disparar.

A medida que se acercó, vi que se trataba de un animal. Contuve la respiración y esperé, con la esperanza de que se fuera luego de beber agua en el interior de la caverna. Se detuvo, como esperando algo. Miré hacia atrás del animal y vi que venía otra forma, más alta. Las dos sombras se acercaron y me di cuenta de que el más alto era humano.

No sabía si tenía que gritar para alertar al hombre, pero lo pensé dos veces y decidí callarme. No solo delataría mi ubicación; si se trataba de uno de los hombres de Salazar, estaba perdida. Estaba situada por arriba de ellos, escondida en una grieta, pero salir del escondite no era una opción, porque tendría que saltar y podría lastimarme.

Pero era nada comparado a morir de un tiro.

Las dos formas oscuras avanzaron hacia mí. Con la boca seca y las manos sudadas, mantuve el arma en posición. Las sombras fueron adquiriendo formas a medida que se iban acercando. El hombre vestía un par de gafas de visión nocturna y tenía una mochila colgada en la espalda. Salió de los arbustos, acompañado por un perro grande. Tuve que luchar contra mi esperanza de que se tratara de alguien del campamento.

Eso ya sería mucho más que pensamiento positivo.

Bajé el arma y esperé a que las dos figuras vinieran más cerca. Sentí un calambre en la pierna. Con un movimiento involuntario, mi pie pateó una roca suelta y miré con horror cómo cayó al suelo, hacia abajo. El hombre en seguida miró para arriba y buscó algo detrás de él; tomó un rifle. El perro se quedó quieto. El hombre observó la parte de arriba de la cueva. Yo me encogí, fuera de su línea de visión, todavía dudando de si era amigo o no.

—¿Kate? —dijo en voz baja. Dio un paso adelante y se detuvo—. Soy Quinn.

¿Quinn?

Respirando otra vez, me senté. —¿Qué estás haciendo aquí? —pregunté, quitándome la bolsa de plástico de los pies—. Por Dios, me alegro de verte.

Puse la bolsa y el arma dentro de la mochila y la cerré; luego descendí. Artemisa corrió a saludarme y me incliné para dejar que me lamiera la cara.

—Desde que hablamos con Ernesto que te hemos estado buscando. ¿Estás bien? —dijo, quitándose las gafas de visión nocturna.

—Estoy bien. ¿Cómo me encontraste? —no es que el lugar estaba en un mapa.

Quinn se quitó la mochila de los hombros y se inclinó, buscando algo en su interior.

—Ernesto nos dijo que él te mencionó el sistema de ríos. Luego de rastrear la ciudad y al no encontrarte, One Shot y yo fuimos al Cenote Natural, con la esperanza de que hubieras seguido la sugerencia de Ernesto. Hablé con uno de los guías que me dijo que se acordaba de ti. Nos contó de los dos hombres que se llevaron un kayak de la entrada a punta de pistola y que se dirigieron a las cuevas; de inmediato supimos que estaban tras de ti.

—¿Pero cómo supiste que llegaría hasta aquí? Debe hacer docenas de lugares donde conducen esos ríos.

Quinn se irguió y me alcanzó una barra energética. Agradecida, la acepté, rompí la envoltura y la devoré en dos bocados, con la excepción de un pedacito que le ofrecí a Artemisa. Ella lo olfateó y luego lo comió, lamiendo mi mano para que le diera más.

—Tuve suerte. Lalo y One Shot están cubriendo dos de las desembocaduras más grandes. Teníamos tres más en la lista, que íbamos a inspeccionar esta noche antes de ir por refuerzos.

—Mataron a Charlie —dije. Quinn asintió, serio.

—Sí. Como no volvió de inmediato mandé a mis hombres a buscarlo, incluso antes de que Ernesto llamara —miró a través de mí, a la oscuridad—. Ojalá yo hubiera estado allí.

Una culpa terrible que me venía de lo más profundo se hizo sentir en mi estómago y en el pecho. Se me debe haber notado en la cara.

—No es tu culpa, Kate. Charlie conocía los riesgos —dijo Quinn, con brusquedad—. Hay una buena chance de que la emboscada no haya sido para ti. Se está hablando de un nuevo cártel en el área. Es posible que nosotros fuéramos el objetivo.

—Lo que quiere decir que va a ser mucho más peligroso para ustedes.

—Sí. Como dije, conocemos los riesgos. Con franqueza, me sorprende que no nos hayan sorprendido antes.

Tomó la mochila y la puso sobre el hombro.

—¿Cómo está Pascal?

—Él quería formar parte del grupo de búsqueda. Le dijo que no —levantó la mano y miró su reloj—. Tenemos que irnos.

Caminamos por la jungla, por un sendero invisible que solo Quinn y Artemisa podía ver. Quinn tenía una cinta de esas que brillan de noche pegada a la mochila, y por eso me resultaba más fácil seguirlo. La mochila se balanceaba como una libélula frente a mí.

Una media hora más tarde, llegamos a uno de los camiones del campamento que estaba estacionado en un sendero apenas visible. Él tomó el micrófono que tenía en la radio.

—Seis a la base, cambio.

La radio hizo ruido. —Aquí, base. Cambio.

—Cargamento Preciado Seguro. Repito: Cargamento Preciado Seguro. Repita. Cambio.

—Repito: Cargamento Preciado Seguro, cambio.

Quinn se sentó en el asiento del conductor. Yo subí del lado del acompañante con Artemisa y cerré la puerta.

—Gracias, Quinn —dije—. No sé cómo podré pagarles por esto.

Quinn me miró. —Claro que lo sabes, Kate —esperó un momento, observando mi reacción—. Podríamos usarte, si estás dispuesta.

Empecé a protestar, pero levantó la mano.

—Escúchame. Pascal y yo estuvimos conversando luego de que te fuiste con Charlie. Él sugirió que yo había perdido una oportunidad contigo. Y tuve que darle la razón.

—¿Qué quieres decir?

—Tenemos el mismo objetivo. Los dos queremos barrer a Salazar de la faz de la tierra.

—¿Y?

—Y creo que sé cómo hacerlo, si estás de acuerdo. Tiene sus riesgos.

Puso la llave en ignición y encendió el camión. Al darme cuenta de que sentía mucho frío, acerqué las manos a la ventilación. Quinn lo notó y puso la calefacción al máximo.

—Además —dijo—, ¿a dónde más vas a ir?

Tenía razón, al menos en cuanto a que no tenía a dónde ir. La gente de Salazar no iba a dejar de buscarme. Tomamos el camino de tierra; yo luchaba conmigo misma. Entonces, tuve una idea.

—¿Hay alguna manera de anunciar que ustedes hoy encontraron mi cuerpo? Ellos dejarían de buscarme si pensaran que estoy muerta.

Quinn pareció considerarlo. —Probablemente.

Llegamos a un cruce de rutas y dobló a la izquierda. —Voy a

hacer un trato contigo. Si accedes a hacer lo que te voy a pedir y si funciona de la manera que creo que va a funcionar, entonces, si no quieres continuar por la razón que sea, encontraremos la manera de fingir tu muerte y haremos correr la voz.

—¿Y tú que obtienes de esto? Estás apostando que yo seré capaz de ayudar en algo. No tengo nada que ustedes necesiten. Puedo disparar un arma, pero ustedes tienen muchos tiradores.

—Según Pascal, la primera vez que te encontramos, en el cenote, fue por algo. Si no hubiera sido por ti, él probablemente no estaría aquí. Tal vez sea por eso, no lo sé —miraba por el parabrisas—. Lo que sí sé es que cuando tú te ofreciste como carnada para que te cambiáramos por él, mostraste coraje. Respeto el coraje. Además, conoces a Salazar por dentro. Esas razones nada más son suficientes para incorporarte al equipo.

Sin saber qué decir, me volví a mirar por la ventanilla. Estaba harta de Salazar y de Anaya y todos sus crímenes. Y harta de huir. ¿Sería mejor unirme a un grupo de hombres cuyo único objetivo era eliminar a los cárteles? Me asaltó el recuerdo de cuando tuve la oportunidad de dispararle a Salazar dentro del SUV y mi incapacidad para jalar del gatillo. ¿Qué pasaría si me enfrentaba con la misma situación? Si se daba la oportunidad, ¿sería capaz de matar a alguien? Si no, ¿qué pasaría si mi inacción llevaba a que muriera alguien del equipo? ¿Qué era lo que Quinn me estaba pidiendo que hiciera?

¿Quería vivir ese tipo de vida?

¿Pero qué tipo de vida tienes por delante, Kate? Mi obstinada negativa para ver la verdad era irritante. Tal vez era hora de trabajar con mi realidad. Si eso implicaba que tenía que aprender a matar o lo que fuera que Quinn estaba sugiriendo, entonces tal vez tendría que aprender. Los soldados, en la guerra, tenían que estar preparados para defender a su país por todos los medios necesarios. Esto no era diferente. Estos hombres estaban defendiendo a su país de los cárteles. Es cierto

que no tenía la bendición oficial del gobierno, pero dudaba de que fueran muchos dentro del gobierno los que quisieran que ellos tuvieran éxito.

Pensé en Lalo y en cómo se había ido a su casa para una boda, contrariando las órdenes del cártel, y que fue demasiado tarde cuando se dio cuenta de que su familia pagaría el precio. Ahora él estaba determinado a terminar con ellos, como fuera. ¿Sería la muerte de Cole una mera nota al pie en los anales de la historia del sudoeste? *Alguacil de Arizona encontrado muerto por heridas de bala en área de descanso.* ¿Qué pasó con toda la rabia que sentí por su muerte? ¿Iba a darme por vencida con tanta facilidad? Cole merecía más que eso.

Inhalé profundo y me volví hacia Quinn. —De acuerdo. Acepto.

22

LEGAMOS DE VUELTA AL CAMPAMENTO una hora más tarde. Quinn me había hecho ponerme una venda en los ojos "para mi protección". Tal vez eso era parte del motivo, pero sabía que él estaba más interesado en proteger el campamento, en caso de que yo fuera capturada por la gente equivocada.

Algunos de los hombres estaban jugando a las cartas en la carpa-comedor; otros, limpiaban sus armas o conversaban en grupos. Algunos preferían su propia compañía y se habían retirado temprano a su carpa o choza. No vi a Blondie por ningún lado. Se lo comenté a Quinn, quien fue a hablar con uno de los hombres que estaban jugando a las cartas.

—Se estima que llegarán en quince minutos —dijo en cuanto volvió—. Cuando estés lista, me gustaría interrogarte, a solas.

Por su actitud, Quinn podía aparentar estar calmado y seguro, pero detecté una intensidad cada vez mayor en sus ojos, algo que no había notado antes.

—Estoy lista ahora, si quieres.

—Claro.

Lo seguí hasta su carpa, con Aries y Artemisa atrás. Quinn corrió la tela para dejarme pasar.

—Siéntate. Me indicó una silla junto a la mesa y se ubicó frente a mí. Los perros se acurrucaron en sus respectivas cuchas.

—Gracias por venir a buscarme, en serio. Y lamento mucho lo de Charlie.

Asintió y se aclaró la garganta. —Cuando volvió Lalo con las novedades sobre Charlie, pensé que te habían secuestrado.

—Me estoy cansando de esto, Quinn. Estoy harta. No sé cómo voy a seguir.

—Sí. En cuanto a eso. —La expresión de su cara me dijo que no me iba a gustar lo que iba a decir.

Me clavó los ojos. Me sentí como si fuera un insecto a punto de ser clavado con alfileres sobre una plancha de cartón llena de bichos.

—¿Quieres hacer a un lado tu antigua vida, no volver a ver a nadie que conozcas de antes? —preguntó—. ¿Aprender a burlar, desarmar y vencer a los cárteles? Porque eso es lo que nosotros hacemos. No somos un tipo de organización políticamente correcta, ni amables ni gentiles. Nosotros esperamos y logramos resultados.

Respiré hondo antes de contestar.

—He estado pensando en esto una y otra vez, y siempre llego a la misma conclusión: no tengo otro lugar a dónde ir. —Miré a los dos pastores alemanes que estaban dormidos en sus cuchas, contentos con su papel en la vida de Quinn—. He perdido todo lo que significaba algo para mí, por culpa de Salazar. Un día, el odio que siento hacia él me va a meter en algún tipo de problema del que no podré escapar sola.

Y seguí: —Pascal dice que tu organización puede controlar ese odio y enseñarme a utilizarlo a mi favor, y, a la vez, colaborar con su causa. Me gustaría ver si tiene razón —me incliné hacia él, poniendo las palmas de la mano sobre la mesa—. Sé muy bien que, si me voy de nuevo, voy a sentirme perseguida por el resto de mi vida, por corta o larga que sea. Así como están las cosas, no creo que llegue a mi próximo cumpleaños.

Quinn me estudió con atención por un largo tiempo. Asintió como si hubiera cambiado de parecer sobre algo que iba a decir.

—Lo que discutimos aquí es estrictamente confidencial. No puedes comentarlo con nadie, ¿de acuerdo?

—De acuerdo.

—Quiero que te infiltres en el complejo de Morales.

Debe haber notado mi cara de shock.

—Escúchame, Kate —se inclinó hacia adelante, con los codos en las rodillas—. Tú tienes algo que Morales necesita: información sobre Salazar. Lo que hace, lo que planea; la misma inteligencia que me diste a mí. No sabe dónde has estado estos últimos días, porque no creo que esté en contacto directo con Salazar ni con Díaz. Al menos, todavía no. No mientras Salazar siga en plan de ataque.

—¿A qué te refieres con "todavía no"?

—Hay una posibilidad de que Morales busque a Díaz para aunar fuerzas si ellos creen que hay otro cártel interviniendo en el área. Necesito asegurarme de que eso no suceda.

—¿Y tú quieres que yo le dé información falsa sobre Salazar?

—Ni siquiera tiene que ser información falsa, pero sí, eso es lo que estoy sugiriendo.

Atónita, intenté imaginarme yendo a buscar a Morales para información. Todo lo que podía ver eran torturas y una muerte prematura. Me sudaban las manos. Me puse de pie y me puse a caminar por la habitación.

—Cuando dije que quería ayudar, no me esperaba esto.

—No voy a arrojarte a los lobos, Kate.

Me volví hacia él, con el corazón desbocado. —Pero suena como si así fuera, Quinn.

—Si te sientas, te explicaré.

Respiré un poco para calmarme y me senté, con los brazos cruzados.

—¿Me vas a contar cómo voy a hacer para no terminar como comida de cocodrilo en un lago de Yucatán?

—Va a ser peligroso, no te voy a mentir. Pero vamos a tomar todas las precauciones para mantenerte a salvo.

—Ya me han dicho eso antes, Quinn. Créeme, no me tranquiliza en lo absoluto —cuando se trataba de Salazar, "a salvo" no existía—. ¿Cómo van a arreglar un encuentro con Morales? No va a morder el anzuelo de ninguna manera si piensa que otro cártel está tratando de establecerse en la zona. ¿No sería hasta más que sospechoso hacerlo ahora?

—Ernesto, mi amigo del hotel, es pariente de Morales. De más está decir que Morales va a escucharlo si la información viene de él.

—¿Cómo? ¿Quieres decir que es su primo o algo así? ¿Cómo sabes que puedes confiar en él? La sangre siempre vence a la amistad en el mundo de los cárteles.

—No necesitas saberlo. Lo que cuenta es que una fuente confiable se presenta ante Morales para ofrecerle información de su enemigo. Ya habrá oído sobre el tiroteo en la ciudad. Estamos seguros de que los hombres que te siguieron eran de la banda de Salazar, o no habrían llegado tan lejos para intentar capturarte —Quinn se recostó en el respaldo de la silla, con una mueca de disgusto—. Es una historia perfecta. Casi no logras escapar, y ahora has decidido jugar en contra de tu antiguo amante, Roberto, con la esperanza de que sus enemigos lo destruyan. No hay nada peor que una mujer despechada, ¿no?

—Digamos que hago lo que me pides. ¿Cómo hago para pasarte la información a ti sin levantar sospechas? No lo conoceré personalmente, pero sé cómo trabajan los jefes de los cárteles. No es que me va a poner a dirigir su complejo.

—Al principio, no. Te quedas aquí, conmigo. En el mejor de

los casos, le pasas la información suficiente para hacerle creer que eres valiosa en su lucha contra *El Castillo*. Yo te ayudaré con eso —dio unos golpecitos en un sobre de papel madera que tenía sobre la mesa—. De a poco, vas ganando su confianza y él te dará más margen de acción. Cuando hayas logrado eso, puedes pedir que te escolten a la ciudad. Te daré tres lugares donde dejar mensajes cifrados, y yo los recogeré a intervalos irregulares. Si necesito hacerte llegar un mensaje a ti, haré lo mismo.

—¿Y en el peor de los casos?

Quinn sacudió la cabeza. —No te preocupes por eso. Tengo todo pensado.

—¿Que no me preocupe? ¿Cómo mierda se supone que no me preocupe si todo se va a la mierda? —Me puse de pie de un salto y volví a caminar por la carpa—. Te daré un ejemplo del peor de los casos. Yucatán Kate va a convertirse en Yucatán Muerta.

Quinn se cruzó de brazos. —Es tu decisión, Kate. Te podría dar un arma y lanzarte por ahí con el resto de los hombres, pero creo que tienes un potencial mucho más grande que eso. Esto podría funcionar. Tú eres la que tiene la llave y puede hacer la diferencia. Si haces todo lo que te digo, estarás a salvo.

La palabra *podría* me volvía loca. Decidí seguir el juego. —Dijiste mensaje codificado. Desde ya, te digo que mi memoria no es muy buena cuando estoy estresada. Y diría que infiltrarse en un cártel de drogas es la mejor definición de estresante. ¿Cómo se supone que podré recordar un código?

Quinn extrajo un trozo de papel con el dibujo de una flor. —¿Qué ves?

—Una flor.

—Mira más de cerca. Especialmente, los pétalos más chicos, en el interior, y las hojas del tallo.

Miré fijamente el dibujo de la flor por varios minutos, hasta que me di cuenta de que la forma de las hojas y los pétalos formaban palabras. Miré a Quinn.

—Hay palabras escondidas en las hojas.

—Exacto. Mientras el mensaje que escribas esté contenido dentro de esos dos elementos, podré leerlo. Cualquier otra persona que lo vea pensará que es solo un dibujo, siempre y cuando no seas obvia.

—Creo que puedo hacerlo. —Inhalé profundo. ¿Qué más podía hacer? Tenía que confiar en que Quinn sabía lo que hacía. Yo había visto cómo había intentado mantener a sus hombres a salvo. Tenía que creer que él haría lo mismo por mí. Dejé de dar vueltas por la habitación y lo enfrenté.

—¿Qué pasará después, si suponemos que sobreviviré?

—Si los dos estamos de acuerdo, te quedas con nosotros y trabajamos juntos para eliminar a estos hijos de puta. ¿Trato hecho? —me extendió la mano sobre la mesa.

Para entonces, probablemente yo estaría más que lista para irme de México, pero al menos habría ayudado a pagar mi deuda con Quinn. Y, si tenía suerte, Salazar estaría muerto y sería un problema menos. Le tomé la mano y nos dimos un apretón.

—Trato hecho.

———

Cuando volví a la carpa-comedor, Blondie y Lalo habían vuelto y estaban jugando al póquer. Tomé una taza de café y me senté un poco alejada del ruidoso grupo. Blondie vino a sentarse a mi lado.

—Me alegro de verte, Kate. Tu atuendo se ve un poco desmejorado.

Me acomodé un poco el pelo y sonreí. —Sí, bajar por una catarata te deteriora un poco la ropa.

—¿De veras? —se recostó en la silla, levantando las cejas—. Eres una gringa con suerte. Se dice que los dos hombres que te seguían son los dos rastreadores favoritos de Salazar. Sabes lo que implica para ellos el hecho de que te perdieron, ¿no?

—Déjame adivinar. ¿Tendrán que buscar otro trabajo? —pregunté, sabiendo más que bien que Salazar los decapitaría o les haría algo igualmente horrible, solo para demostrar que no se estaba ablandando.

Ni recuperando su sano juicio.

Blondie lanzó una risotada. —Sí, no creo que lleguen a tiempo de cobrar el seguro de desempleo.

Dos menos; pero había cientos, no, *miles* más. Lo que los hombres de Quinn estaban haciendo me golpeó fuerte, y tuve que luchar contra el pánico que se alimentaba con la enormidad de la situación de lo que estaba por hacer. ¿Cómo hacen para levantarse cada día sin pensar en lo inútil de su misión? Una cosa es la perseverancia, pero esto iba mucho más allá. *¿En qué me estoy metiendo?*

—¿Qué sigue ahora para Yucatán Kate? —Preguntó Blondie.

Me encogí de hombros, recordando la advertencia de Quinn de que no hablara con nadie. —Quinn dijo que está bien que me quede hasta que las cosas se calmen. Dijo algo sobre monitorear las transmisiones de radio mientras ustedes están afuera, peleando.

—¿No dijo nada sobre algún tipo de entrenamiento físico?

—Sí. Empiezo mañana. —Quinn pensó que sería una buena idea que yo aprendiera algunas técnicas para complementar mi corto entrenamiento en Krav Maga antes de infiltrarme en el campamento de Morales. Creo que era su manera de aplacar mi miedo a entrar en la boca del león sin apoyo directo. La única cosa que suavizaría mi temor a infiltrarme en el reino de Morales sería un misil que apuntara tanto a su complejo como al de Salazar.

Eso, y un pasaje para Tahití.

—Buena idea —Blondie me miró, frunciendo el ceño—. Pareces un poco desquiciada.

—Será porque no sé cómo voy a soportar este calor. —O tal vez fuera porque tenía pánico de que Morales me descubriera, me torturara y me cortara la cabeza con un machete.

Sí. Probablemente era eso.

Él sonrió. —Pan comido, Kate. Pan comido.

* * *

Casi muero al día siguiente.

Empezamos a las seis, antes de que el calor del día nos dejara sin energía. Mi compañero de entrenamiento, Héctor, era un hombre alto y musculoso de la ciudad de México. Él había empezado a entrenarse una semana antes, al igual que los otros cinco reclutas. Me maravillaba ver que él no permitía que la humedad ni la temperatura lo molestaran, como le sucedía al resto. Cuando le pregunté cómo lo hacía, se encogió de hombros y me dijo que tenía buenos genes.

Cuando me presentaron a nuestro instructor, Buck, reconsideré seriamente el tema del entrenamiento. Prefería los ejercicios de calistenia a la carrera de obstáculos de algo más de tres kilómetros, con una mochila de quince kilos, bajo un calor agobiante. En dos días, usaríamos mochilas de treinta kilos. Me asaltaron recuerdos de cuando me persiguieron, en México, y yo llevaba una mochila repleta de dinero de Salazar; eso me ayudó a concentrarme en lograr mis objetivos. Me ayudó a mantener mi nivel de ansiedad algo más bajo, y suponía que esa era la idea de Quinn cuando me enroló en el infierno.

Nos detuvimos para almorzar al mediodía; a las tres y media retomamos. Como recompensa por no morir durante el entrenamiento, nos permitían una hora libre antes de la cena. Se me ocurrió que, si hubiera querido hacer la carrera militar, con esto era más que suficiente.

En los días siguientes, aprendimos a pelear usando técnicas de Jiujitsu,

Taekwondo y Judo. El desafío me ayudaba a no hacer caso del calor ni de mi fatiga creciente. El poco entrenamiento que tenía me fue útil cuando tuve que combatir con Héctor. Pero él no era lento, y más de una vez me tiró al suelo. Una vez le pregunté por qué estaba allí y no en su hogar, en México capital, durante una de las pausas de veinte minutos que nos daban para almorzar. Él miró fijo a la distancia, como perdido en sus recuerdos.

—Hace siete meses, mi mujer y yo estábamos en Cancún, de luna de miel. Acabábamos de terminar una cena romántica en la playa y estábamos regresando a nuestro hotel, frente al mar, por la playa, a la luz de la luna. Pasaron dos SUV, muy rápido, por una calle junto a la playa. Unos minutos más tarde, volvieron. Alguien bajó una de las ventanillas y vi un arma.

Héctor dudaba, a la vez que mordisqueaba un pedacito de tomate de su sándwich. Luego, se aclaró la garganta. —La bala despedazó el lado derecho de la cabeza de Claudia, y le destrozó la cara —inhaló profundamente antes de seguir—. Me dijeron que ella no sufrió. También me dijeron que probablemente fuera algún borracho de la zona. Se negaron a confirmar mi acusación de que el atacante era el miembro de un cártel. Ese tipo de cosas *nunca* sucede en Cancún —hizo un bollito con su servilleta—. Pendejos.

Cuando se volvió para mirarme, sus ojos expresaban tanto dolor que contuve el aliento. —Ella apenas tenía veintitrés años. Nos acabábamos de mudar a una casa nueva...—Héctor no pudo seguir; luchaba contra las lágrimas.

No dije nada. ¿De qué habría servido? Las palabras caían en saco roto en una persona que había sufrido semejante desgracia.

En mi experiencia, la respuesta más respetuosa ante el sufrimiento del otro era permanecer en silencio y escuchar lo que tenían que decir.

Se secó los ojos con el dorso de la mano. Le ofrecí mi servilleta, y la aceptó.

—Conocí a uno de los hombres de Quinn en un bar en Cancún, un día antes de irme. Yo había tomado unos tragos y le conté mi historia. Él me sugirió que conociera a Quinn. En ese momento, yo no estaba en condiciones de quedarme en Cancún ni de pelear, y se lo dije. Él me aseguró que era normal, pero me dio su número por si cambiaba de opinión —miró hacia el suelo, recordando—. Llevé el cuerpo de Claudia de vuelta a casa y preparé su funeral. Intenté seguir con mi vida anterior. Pero no podía. El sinsentido de su muerte me carcomía; no podía contener la furia; no podía vivir conmigo mismo. Entonces, lo llamé.

Me preguntaba cuántos hombres más como Héctor habría; personas inocentes, víctimas de los cárteles en esa guerra sucia que se libraba en México. También me preguntaba si el grupo de hombres de Quinn era solo el comienzo. ¿Cuánto tiempo más iban a permitir los hombres que vivían en este país que esa guerra sin cuartel continuara? Me corrió un frío por la espalda, pensando en las posibilidades. Era el momento de una revolución; era la hora de que los sobrevivientes se levantaran y recuperaran su país. Todo lo que se necesitaba era una cerilla sobre la sed de venganza.

Ya era hora de que México cambiara; estaba listo.

AL FINALIZAR la semana, Quinn me llamó a su carpa para una reunión. Era bien entrada la tarde, y el calor ya no se sentía tan fuerte. No me moría de ganas de ir a esa reunión; me preguntaba si ya era hora de entrar en el campamento de Morales.

—¿Querías verme? —pregunté, sentándome a la mesa. Aries se acercó para que le hiciera mimos detrás de las orejas. Unos segundos más tarde, vino Artemisa y empujó a Aries, ocupando su lugar.

—Sí —dijo Quinn, mirando sus perros—. Buck me dice que vas bien. Que aprendes rápido y que eres capaz de aplicar procedimientos nuevos y estrategias a objetivos prácticos y realistas. En sus propias palabras, eres muy buena.

No pude evitar una sonrisa. —Es bueno saberlo. Es un trabajo duro, pero me gusta. Por primera vez, desde que me escapé de Salazar, siento que estoy haciendo algo constructivo con mi vida.

—Tengo que confesarte que no pensé que durarías más de un día, sobre todo con Buck como instructor —algo parecido a una sonrisa se le empezó a formar en la boca, pero desapareció en seguida—. Me alegra confesar que estaba equivocado.

—Gracias, Quinn. Eso es muy importante para mí —seguí acariciando a Artemisa detrás de las orejas, intercambiando con Aries, que, celoso, la empujaba con el hocico—. Antes de que me digas para qué me llamaste, me gustaría preguntarte algo personal, si está bien.

—¿Cómo qué?

Noté una ligera actitud más fría hacia mí, pero seguí. —¿Cómo terminaste aquí, en Yucatán? Quiero decir, es obvio que tenías experiencia militar o algo similar. He observado cómo diriges este lugar y es algo muy similar a lo que conozco sobre procedimiento operativo estándar. ¿Por qué no trabajas con la DEA o la CIA para ayudar al gobierno mexicano a luchar contra los cárteles? Sin la ayuda de los recursos de esas agencias, tiene que ser mucho más difícil.

—No tan difícil como jugar de acuerdo a las reglas.

—Okey, entonces, ¿por qué México? Hay un millón de otras causas honorables en el mundo donde tus habilidades serían muy apreciadas, y a muy buen precio. No me parece que estés haciendo mucho dinero —y miré alrededor de su austera habitación.

—Lo creas o no, a veces no se trata de dinero.

Me sentí como uno de sus perros con un hueso, y no quería dejar pasar la oportunidad. La mueca de Rottweiler le apareció en la cara, pero ignoré la amenaza.

—Mira —dije—. Tú sabes qué me motiva. Quiero que Salazar pague. Asumo toda la responsabilidad del estúpido y colosal error que cometí al convertirme en la novia del jefe de un cártel de la droga. Pero he pagado con creces por ser tan ingenua, y no creo que Salazar vaya a dejar de perseguirme. Estoy cansada de huir y de que me persigan; cansada de preguntarme si hoy es mi último día.

—Pero no has sido totalmente sincera, ¿verdad?

—¿A qué te refieres?

—¿Qué pasó con el dinero?

Mierda. Había esperado poder mantener eso al margen del asunto. Me preguntaba quién se lo habría contado. Tal vez fuera algo bien sabido en ciertos círculos. Suspirando, lo miré a los ojos. —Cuando dices dinero me imagino que te refieres al efectivo que le robé a Salazar, ¿no?

Quinn asintió. —Hablando de malas ideas.

—Bueno, sí. Claro que lo fue. No me gusta quedarme con los errores. Lo perdí todo incluso antes de volver a los Estados Unidos —excepto la gran reserva que enterré en la casa de Lana, tantos años atrás. Técnicamente, como lo había enterrado cerca de la base de un árbol en el patio lateral de la casa, no creía que esa porción estuviera perdida, pero no tenía idea de si todavía estaba allí. Algún día, cuando todo esto terminara y Salazar y Anaya solo fueran un mal recuerdo, planeaba volver a ver qué había pasado tanto con Lana como con el dinero. Si ella había tenido suerte y lo había encontrado, al menos el efectivo habría ido a una buena causa. Podía verla extrayendo bolsas de plástico del hoyo que cavé, bolsas sucias y viejas, con el dinero todavía intacto.

—Tal vez, pero no cambia el hecho de que no has sido totalmente franca sobre tu pasado.

—Todos tenemos secretos, Quinn.

Aries gimió y me empujó la mano con el hocico. Artemisa puso la cabeza sobre mi pierna y me miró, reclamando atención. Bajé la cabeza y me dediqué a los dos perros, esperando a ver si Quinn me iba a decir algo más.

—Okey. ¿Quieres saber por qué estoy aquí? —acercó la silla a la mesa—. Porque mi contribución es efectiva. En este país hay un movimiento que ha estado ganando empuje. Empezó con un grupito de hombres que tenían la idea de que podían luchar contra los cárteles. El problema era que no tenían idea de cómo organizarse, planear estrategias ni de cómo pelear con inteligencia. —Quinn hizo una pausa antes de seguir.

—Una fuerza de tareas conjunta entre la CIA y la DEA fomentó el primer grupo, los entrenó y les dio armas; los ayudó a constituir una unidad de combate. Luego apareció otro grupo, y otro. Pronto había pequeños bolsones de luchadores que recibían entrenamiento y armas, listos para ir contra los cárteles y pelear en sus propios términos.

—Eso es genial, ¿no? La gente está luchando.

—Suena bien, ¿no? La CIA informó al gobierno mexicano, que entonces decidió tomar cartas en el asunto. En esencia, convirtieron en delegados a los hombres y los soltaron contra los cárteles, con sus bendiciones.

Yo sabía a dónde iba esto. —Pero ahora que el gobierno sabe de ellos, los cárteles infiltraron esos grupos y los están diezmando.

—Bingo.

—¿Trabajabas para la CIA?

Quinn se rio. —No exactamente. Se podría decir que estaba alineado con un tipo diferente de organización.

Yo conocía bien el tema de los cárteles con infiltrados en las agencias gubernamentales. Mi exguardaespaldas, Eduardo, había sido asesinado antes de que fuera aceptado en el programa de testigos protegidos porque alguien, en algún lugar, le llevó la información a Salazar o a Anaya de que él me había ayudado a escapar. Y, la casa segura en la que me había estado alojando antes de testificar en el juicio contra Salazar había volado en pedazos. Luis y yo apenas escapamos. En los dos casos, se trató de un infiltrado, ya sea en el gobierno mexicano o en la DEA. Al no saber qué agencia estaba involucrada, me rehusé a entrar en el programa de protección de testigos. En mi mente, eso equivalía a pintar una enorme cabeza roja de toro en la espalda para decirle a Salazar en dónde encontrarme.

—Por esa razón no trabajas junto con el gobierno —dije.

—¿Tú lo harías?

Lo estudié por un momento, con la sensación de que había algo más que no me decía. Los motivos de Lalo y de Víctor se me vinieron a la mente, y finalmente, hice el clic. —Algo más pasó. Algo que tú no perdonas —casi extrañé el tic delator en su ojo—. Es eso, ¿no?

Me contestó con un silencio de piedra.

—Bien. No quieres hablar de eso. Lo entiendo. ¿Por qué revivir el pasado, no? Excepto que eso significa que estoy operando con alguien de quien solo conozco datos dados por sentado. Y confiar en datos asumidos no es una manera ideal para estar a salvo.

Se quedó en silencio. Yo casi podía oír el ruido de su cerebro trabajando, aceptando y descartando posibles respuestas.

—Todos tenemos que confiar en suposiciones hasta un punto. Pero, tienes razón. Al menos, fuiste honesta conmigo cuando te confronté sobre el dinero que robaste. A cambio, voy a ser totalmente honesto sobre por qué estoy aquí.

Hizo una pausa, evidentemente pensando cómo decirlo. —Me acababa de retirar luego de veinte años en la organización que mencioné antes. Mi esposa, María, y yo teníamos una pequeña casa en las afueras de Mérida. Yo quería establecerme y empezar de nuevo, dejar la vida de sobresaltos y guerras; dejar todo atrás. Pensaba empezar como asesor o consultor, por llamarlo de alguna manera.

—Después de uno de esos viajes de asesoramiento, llegué a casa y encontré sangre en el piso de la cocina; María no estaba. Cuatro horas más tarde, recibí un llamado que decía que ella había sido secuestrada por miembros de un conocido cártel. Alguien les había dado mi nombre a cambio de que le perdonaran la vida, y esa persona me relacionó con un raid reciente en el cuartel central de su líder, que fue arrestado en la operación.

Hasta ese punto, él había contado la historia sin ninguna emoción, como si le hubiera pasado a otro.

—¿Pero tú no tenías nada que ver con el raid porque te habías retirado, no?

Suspiró. —El trabajo de campo que había hecho unos años antes llevó a mi organización a encontrar el lugar, pero no, no estuve involucrado en el raid.

—¿Qué pasó con María? —pregunté, aunque sabía el desenlace.

—Lo que generalmente sucede en ese tipo de situaciones. María fue asesinada antes de que yo llegara.

—Lo lamento, Quinn. —Yo sabía lo que era que personas inocentes perdieran la vida por los hechos de mi pasado. Tal vez por eso me lo pudo contar. O, tal vez estaba inventando todo, para convencerme y que hiciera conexiones que no eran reales, pero no creía que fuera así.

Se aclaró la garganta y se acomodó en la silla. Las emociones no eran algo frecuente en un hombre como Quinn, y evidentemente, se sentía incómodo.

—Ahora que te di lo que querías, quisiera hablar del asunto por el cual te pedí que vinieras.

—Claro. —Sentí que la ansiedad reaparecía.

—El mail que enviaste desde Tabai llegó a tu contacto de la DEA.

—¿Has tenido noticias de Luis?

—Él me contactó unos días atrás, pidiéndome permiso para enviar a alguien a hablar contigo.

—¿Quién? —la cabeza me daba vueltas. Con el caos de los últimos días me había olvidado del mail.

—Te está esperando en tu choza. Lo traje a escondidas, para

que los hombres no hagan preguntas. En cuanto termines, lo sacaré de la misma manera.

—¿Cuánto sabe esta persona?

—Nada, solo que nuestra misión es eliminar a los cárteles por los medios que sea necesario. Eso es todo lo que sabe la DEA, en este punto. No compartimos los planes y ellos tampoco comparten los suyos, a menos que exista una posibilidad de interponernos. No le dije nada a este hombre ni a Luis sobre el plan de infiltrarte en el grupo de Morales. Te sugiero que no hables de eso.

Mi mente me atormentaba mientras volaba a mi choza. Entendía por qué Luis no había venido en persona. Había sido promovido a supervisor un año atrás, y estaba feliz de permanecer en la relativa seguridad de los Estados Unidos. ¿Pero, a quién había enviado?

No iba a negar que, si el hombre que envió Luis estaba aquí para sacarme de México, la tentación de aceptar la oferta era enorme. Pero si aceptaba su ayuda, todo volvería a ser como antes. Correr. Huir. Mirar para todos lados. Siempre sola, sin pareja.

La misma historia de siempre.

Caminé los últimos metros hasta mi choza y abrí la puerta, batiéndome entre dos posibilidades de vida. Mi invitado estaba sentado en un rincón de la choza, en la silla que Pascal me había dado, con la cara en las sombras. Se puso de pie en cuanto entré y caminó hacia mí.

Cuando vi quién era, me paralicé.

24

SAM AKIAQ NO HABÍA cambiado mucho, salvo por alguna pata de gallo en sus ojos oscuros. Como cuando lo conocí por primera vez, llevaba el pelo atado en una cola de caballo. Todavía parecía un corredor con sus piernas largas, delgadas y fuertes.

Me contuve para no lanzarme en sus brazos. Habían pasado seis años desde que nos viéramos o habláramos por última vez, y no sabía cómo reaccionaría yo. Una vez que recuperé el aliento, sonreí.

—Sam.

—Kate. —Nunca fue del tipo conversador; economizaba palabras. Cuando nos conocimos, apenas pude obtener respuestas de más de dos palabras de él. Recién más tarde, después de intimar, se abrió y conocí al verdadero Sam. Ahora, su expresión tranquila me resultaba como un bálsamo en mi golpeada alma.

Sin saber cómo empezar, me quedé inusualmente callada. Se dio cuenta de mi estado de ánimo; caminó hasta mí y me envolvió en sus brazos, murmurándome al oído que era bueno volver a verme.

Mis brazos se levantaron por voluntad propia a devolver el abrazo. Todavía usaba la misma loción para después de afeitar, muy masculina, con aroma a cedro. Me invadió una ola de recuerdos y me apreté contra él.

Las lágrimas no tardaron en llegar. Incapaz de controlar la pena y el dolor por haber sido responsable de que le dispararan y que lo abandonaran a su suerte a un costado de una autopista en Alaska, lloré en silencio, molesta por no tener algo para secarme, sin mencionar el hecho de que me sentía como una idiota por haberme quebrado en cuanto lo vi.

No lo había imaginado así.

Me dejó terminar, sosteniéndome con un abrazo gentil, hasta que lloré la última lágrima. Me separé primero, dando un paso atrás para secarme las mejillas con la mano. Él extrajo un pañuelo de su bolsillo.

—Gracias —dije, aceptándolo—. Perdón. No esperaba que fuera así.

—¿Por qué no quisiste verme antes, cuando Luis te contactó en Arizona?

Cuando vi el dolor en sus ojos, las lágrimas amenazaron con volver.

—Hay…había…alguien más. No quise complicar las cosas —doblé el pañuelo pero lo sostuve en mi mano, por si la catarata de lágrimas volvía—. La misma mujer que te disparó le disparó a él y lo mató cuanto intentó protegerme.

—¿Te refieres a Cole Anderson?

—¿Luis te contó?

Sam asintió, mirándome con cautela. —¿No lo sabes?

Me puse tiesa. —¿Saber qué?

—Cole sobrevivió. Tal vez haya perdido la audición en un oído, pero está vivo. Lo están manteniendo en un coma inducido hasta que la hinchazón del cerebro desaparezca.

Se me aflojaron las rodillas e intenté encontrar algo sólido para sostenerme. Todo me daba vueltas. La respiración consciente no me estaba funcionando bien; estaba por hiperventilar.

Sam me tomó del brazo y me guio por la habitación. Me llevó hasta la silla.

—Pero vi el artículo...—¿por qué Angie se iba a molestar en mostrarme la noticia sobre Cole?

—La DEA plantó el artículo en el periódico, por si quienquiera que le disparó pensara en volver a terminar el trabajo.

—¿Él está bien? ¿No hay daño cerebral?

—De acuerdo con lo que Luis me contó, él estaba coherente antes de que lo indujeran al coma —hizo una pausa—. No podía recordar lo que sucedió.

El corazón se me detuvo cuando vi la expresión de Sam.

—Hay algo que no me estás diciendo.

Sam respiró hondo. —Cole no te recuerda.

—Él no...

—Los médicos dicen que su memoria selectiva se debe al trauma causado por la herida de bala —me miró fijo—. Tuvo suerte de haber sobrevivido, Kate.

Cerré los ojos, intentando absorber las novedades. Ahora que sabía que Cole estaba vivo, sentí alivio. No me importaba que no se acordara de mí ni del último año que pasamos juntos. Esos recuerdos estarían siempre conmigo. Como el desastroso viaje al Caribe que hicimos juntos, cuando casi morimos en manos de Vincent Anaya. O, un año atrás, en primavera, cuando los dos pensamos que Sterling había muerto sepultado en una mina. Cole me creyó cuando nadie me creía. Y, no olvidemos al banquero loco, Dave, a Simon Boudreaux y a Wild Horse Ridge...

Bien, no eran recuerdos exactamente felices, pero hubo buenos momentos en el tiempo que pasamos juntos, solo nosotros dos y las niñas. Mi decisión se hizo más dura cuando pensé en Abby y Lauren. Ellas merecían tener estabilidad, y no a una mujer que estaba siempre al borde del precipicio.

—¿Qué pasó con el camionero que tenía un arma?

—Sobrevivió. El artículo mencionó su muerte por la misma razón.

—Gracias a Dios. —Tomé el hecho de que los dos hombres sobrevivieron como una señal de que yo había tomado la decisión correcta. No podía volver y retomar mi vida con Cole donde habíamos quedado, por mucho que quisiera. Él iba a estar mucho mejor sin mí. En cambio, podía ayudar a los hombres de Quinn a terminar con esos monstruos a los que no les importaba la vida de nadie. Esperaba poder ayudar a salvar vidas inocentes en el proceso.

Y allí estaba Sam. La confusión me nubló la mente y me puse de pie, al borde de un ataque de nervios. Caminé entre la hamaca y la puerta, tratando de calmar el nerviosismo. Sam se cruzó de brazos y se apoyó contra una soporte.

—¿Por qué Luis te envió a ti? —le pregunté, sin dejar de moverme. No podía mirarlo por temor a traicionarme—. Le mandé un mail a Luis pidiéndole ayuda. No esperaba que te enviara a ti.

—Yo le pedí. Él conoce nuestra historia, por eso no fue fácil que me diera permiso. Tuve que probarle que yo era la mejor opción. Él te protege mucho, Kate.

Dejé de caminar por la choza. —Luis siempre ha sido bueno conmigo. Ya me habrían matado hace tiempo si no fuera por él. Y por ti. —Le sostuve la mirada, con la esperanza de que entendiera lo mucho que significaba para mí, pero sabía que nunca iba a ser suficiente.

—Vine a llevarte de vuelta. Luis te preparó una identidad nueva —buscó en el bolsillo de su mochila y extrajo un pasaporte nuevo. Lo abrió en la primera hoja y me lo mostró—. Tu nuevo nombre es Kathryn Reid y vives en Seattle, Washington.

Me dio el pasaporte y miré a la nueva yo. Luis había usado una foto vieja, pero yo no había cambiado mucho, salvo por el color del pelo. Ese librito azul oscuro tenía las llaves del reino. Podía ir a cualquier lugar que no fuera México ni los Estados Unidos. Probablemente estaría segura, al menos por un tiempo.

Pero después, la misma mierda de siempre. Al final, alguien de mi pasado me encontraría, y según el precio que pusieran a mi cabeza, tendría que huir otra vez. Tenía que romper con los hilos de mi vida pasada y empezar de nuevo una vez más. No podía seguir viviendo así.

No iba a seguir viviendo así.

—Agradécele a Luis y dile que le voy a pagar por esto.

—Se lo puedes decir tú misma. Hay dos pasajes para Phoenix esperando en el aeropuerto de Cancún. Hay una conexión a Seattle para pasado mañana.

—Sam, yo...

Vino hacia mí, deteniéndose muy cerca, y me acercó la mano a la mejilla, esperando mi permiso. No me pude contener y le besé los dedos, conmovida. Me pasó la mano por detrás del cuello, me llevó hacia él y me besó. Después de un momento de duda, devolví el beso, como si fuera una mujer a punto de ahogarse que necesitaba aire.

Se me vino a la mente la cara de Cole, y sentí una culpa espantosa. Me detuve y di un paso atrás.

—Te extrañé —murmuró Sam.

Cerré los ojos y sentí un torrente de imágenes confusas en la cabeza: Angie apuntando a Cole en la cabeza; Pascal en el piso, cerca del camión incendiado de Quinn; Sam de uniforme, tendido sobre la nieve y tiñéndola de rojo con su sangre.

—No puedo.

—¿No puedes qué? —me puso una mano en el brazo—. Kate, relájate. Háblame.

—No podemos —intenté alejarme, pero me sostuvo más

fuerte—. Lo que tuvimos fue una relación breve y hermosa —intentó interrumpirme pero sacudí la cabeza—. Escúchame, Sam. Casi mueres por eso. Por mi culpa. No voy a permitir que eso vuelva a suceder. No puedo volver contigo. —Cuando vi su cara, me apuré a terminar.

—Por favor, tienes que entender que me tengo que quedar. Tengo una razón para quedarme, tengo algo que hacer. Si funciona como creo...no, como espero que funcione, entonces tal vez tenga un futuro y podremos ver cómo van las cosas. Pero hasta entonces, no.

Sam no decía nada; solo me miraba. Su capacidad para el silencio y para la reflexión no había disminuido desde que lo había visto. Alguien a quien no le molestaban los silencios en medio de una conversación, Sam prefería esperar a que su idea fuera más clara; eso producía una especie de encuentro mental muy singular.

Por otro lado, yo siempre me ponía nerviosa si la pausa era demasiado larga, y siempre encontraba la manera de llenarla.

—Di algo, Sam.

Todavía en silencio, Sam me soltó. Dejó caer su brazo a un costado.

—Lo que Quinn quiere que hagas es peligroso, Kate.

—Quinn me dijo que no te dijo nada.

—No tuvo que hacerlo. Tienes la palabra miedo escrita en toda tu cara.

Me crucé de brazos. Iba a tener que trabajar en eso. Si Morales notaba mi ansiedad, las cosas se podrían poner muy feas en un segundo.

—Es la única manera, Sam.

Suspiró y se me acercó de nuevo. Me puse tensa e intentaba mantenerme alejada de su órbita. Puso una tarjeta en mi mano y me cerró los dedos sobre sobre el papel. La leí: *Sam Akiaq. Investigador Privado. Seattle, Washington.*

Había una dirección de correo, un email y un sitio web.

Sorprendida, lo miré. Aunque sonrió, estaba triste.

—¿Vives en Seattle?

Asintió.

—¿Es por eso que Luis puso Seattle en mi pasaporte?

No me contestó. Me acerqué y le toqué la mejilla.

—Sam. Si...cuando todo esto termine...—dejé la oración sin terminar, temerosa de concluir el pensamiento.

—Tal vez no te espere.

Dejé caer la mano. —Lo sé. Nunca te pediría eso.

Pasó junto a mí. Llegó a la puerta, se volvió y me miró por un buen rato.

—Seattle es hermosa en esta época del año.

Y se fue.

25

MÁS TARDE, AL ANOCHECER, Quinn vino a mi choza. Se quedó en la entrada, de brazos cruzados, con una expresión inescrutable.

—Veo que todavía estás aquí.

—No sé cómo.

—Bien —dijo—. Parece que Díaz está redoblando esfuerzos para hacer su jugada. Nos han dicho que vienen refuerzos.

—¿Y Morales qué está haciendo?

—One Shot dice que no está haciendo nada, lo cual me preocupa. Cree que se va a unir a Díaz para eliminar al cártel fantasma.

—¿Cómo? ¿Saben dónde estamos?

—Que yo sepa, no.

—¿Me estás diciendo que es hora de irnos?

—Morales mordió el anzuelo y accedió a un encuentro. Te voy a dejar en las afueras de Xoc en la mañana.

En la mañana. Respiré profundo para ahuyentar el miedo y la sensación de que tendría que haberme ido con Sam.

Quinn me observaba con el ceño fruncido. —¿Estás bien?

Mierda. Le sonreí. —Seguro. Lista para partir. —Tenía que

trabajar con la expresión facial. Sentía un pánico que me venía de los intestinos.

Ya no tenía tiempo.

Cuando Quinn se fue, saqué el archivo que me dio sobre Morales y lo volví a leer, memorizando todo lo que pude. La foto que habían adjuntado en la tapa mostraba a un hombre de mediana edad, que estaba empezando a perder el pelo y que usaba gafas. El hecho de que había llegado a la mediana edad me decía que era un hombre cuidadoso.

Hugo Morales, 47 años, nació y creció en Valladolid, México, en el corazón de Yucatán. Su padre había sido comerciante. La madre trabajaba en la casa. Los dos murieron en un accidente automovilístico cuando Hugo tenía 27 años. Morales empezó su carrera como ejecutor para un señor de la droga local desde que era bien joven, y fue subiendo posiciones hasta tener su propio cártel, eliminando a los competidores.

Se casó con Rosa Fernández Peña, una mujer de la zona que ganó un concurso de belleza, y tuvieron dos hijos, uno de los cuales murió en un tiroteo con las autoridades, cuando tenía diecisiete años. Conocido como "El Sultán", se rumoreaba que Morales prefería a las adolescentes para sus conquistas sexuales y que tenía un grupo a su disposición; una especie de harén. En mi opinión, eso solo era un buen motivo para borrarlo de la faz de la tierra.

Manejaba sus empresas con una eficiencia despiadada; también daba generosas donaciones a la iglesia católica. Se sabía que pasaba grandes cantidades de metanfetamina y cocaína por la frontera, en silencio y muy discretamente. Hasta ahora, había operado con relativa impunidad, dejando que los miembros ubicados en Sonora y Sinaloa acapararan la atención.

La lucrativa empresa llamó la atención de los cárteles más grandes, intrigados por saber qué rutas secretas utilizaba para entrar en los Estados Unidos. Ahora, debido a la acción de la policía federal y del ejército mexicano, que habían cortado muchas rutas de *El Castillo* hacia los Estados Unidos, Leonardo Díaz había llegado a la ciudad para quitarle el control a Morales.

Cerré el archivo y lo dejé a un lado; la información era extrañamente familiar. Aunque tenía unos diez años menos, la historia de Salazar para tomar el control de un cártel era similar. Los cárteles exitosos son crueles y eficientes, y giran en torno de negocios legítimos, en parte porque operan fuera de la ley y se abren paso a través del miedo y la intimidación. El grupo de Quinn y otros similares tenían una idea correcta, pensé, incluso a pesar de que utilizar violencia para erradicar la violencia tenía una cierta ironía.

Fatigada físicamente y emocionalmente exhausta por todo lo que me acababa de suceder, colapsé en la hamaca y me dormí, pensando en Cole y en Sam.

LA MAÑANA LLEGÓ DEMASIADO RÁPIDO. ME OBLIGUÉ A SALIR DE LA cama y fui hacia la carpa-comedor a tomar café. Pascal estaba sentado solo, desayunando. Sus golpes ahora eran de color verde-amarillento, y la hinchazón del ojo había bajado.

—¿Puedo sentarme contigo?

—Por favor —me acercó una silla.

—Tus moretones se están curando bien —dije.

—Las heridas físicas son mucho más fáciles de curar que las espirituales —comió un poco de huevos revueltos y bebió café—. El daño emocional lleva más tiempo y es mucho más difícil de curar. Muchas veces, deja una cicatriz invisible —me miró fijamente, para dar énfasis a lo que decía—. ¿Cómo te fue con la visita de anoche?

—Demasiado corta. —Me tendría que haber dado cuenta de que Pascal podía oír lo que Sam y yo hablamos. Su choza estaba junto a la mía, lo cual obviamente no era por un descuido de Quinn.

La expresión de Pascal se suavizó. —No te preocupes, Kate. No le dije a Q. Todos tenemos que lidiar con nuestro pasado en algún punto. Me alegra saber que decidiste quedarte.

Su respuesta me hizo acordar lo que estaba por hacer, y mi humor cambió. Se me debe haber notado en la cara, porque Pascal puso su mano sobre la mía.

—Lo vas a hacer bien, Kate.

—¿Cuánto sabes? —Yo había evitado hablar con nadie sobre el plan de infiltrarme en el campamento de Morales.

—Sé que te vas hoy —miró a nuestro alrededor, asegurándose de que nadie podía oírnos—. No estarás sola, Kate. No pienses que Quinn te está mandando al muere; no es así.

Pascal se recostó en la silla. —Creo que su idea es no apabullarte con información. Así, tus respuestas hacia lo que sea que te pregunte Morales serán genuinas. Tienes su archivo, ¿no?

—Sí. Sé todo sobre sus gustos anormales, si a eso te refieres.

Parecía que en los cárteles no había uno solo normal; todos tenían alguna locura en sus psiques.

—Llevará un tiempo entender con quién estás lidiando.

—¿Cómo conociste a Quinn?

Pascal puso la taza en la mesa y levantó las cejas, sorprendido por el súbito cambio de tema. —¿Te contó sobre María?

—Sí.

—Ella era mi hermana.

—Lo siento. —Entonces, Pascal era el cuñado de Quinn. Ahora entendía por qué alguien tan reservado como Quinn confiaba en alguien de una cultura tan diferente, como Pascal. Era de su familia. —¿Y Blondie? —Pregunté—. Y de paso, ¿dónde está?

—No está aquí. Después de que nos contó que creía que Morales y Díaz posiblemente estaban armando un frente común, Q le pidió que vaya a buscar algunas cosas que vamos a necesitar.

—¿Están planeando algo?

—No necesitas saberlo, Kate.

—Tienes razón. Perdón.

Quinn apareció en la entrada y me hizo un gesto; luego desapareció. Me volví hacia Pascal y lo abracé, con cuidado de no tocar sus heridas.

—Me tengo que ir. Cuídate, Pascal. En serio.

Me abrazó también y sonrió. —Lo haré. Tú también. Te veo cuando vuelvas.

—Seguro.

Si volvía.

Quinn se tomó su tiempo para manejar hasta Xoc. El encuentro con Morales sería en un restaurante pequeño, junto a la ruta, en las afueras de la ciudad.

A una cuadra de distancia, Xoc consistía en un negocio que vendía hamacas de todos colores, una diminuta panadería que a su vez era una especie de kiosco, y el restaurante de ladrillos de cemento donde se iba a producir el encuentro con Morales. En un camino secundario y con el marco de la jungla, había un par de casas de material junto con unas pocas chozas mayas tradicionales. Había muchos más pollos y perros que habitantes.

Quinn detuvo el camión cerca de la última curva antes de entrar en la ciudad y me bajé. Me sentía desnuda sin un arma, pero Quinn insistió en que no llevara ninguna. Tenía sentido, pero extrañaba tener una.

Dio la vuelta y miré cómo se marchaba, sintiendo la enormidad de lo que estaba por hacer. Miré a mi alrededor, considerando la posibilidad de desaparecer en la jungla y huir.

Un poquito tarde para eso, Kate. Si te ibas a echar atrás, tendrías que haber aceptado la propuesta de Sam para sacarte de México.

Odiaba cuando tenía razón.

Con un suspiro profundo, me dirigí hacia Xoc y a mi encuentro con Morales.

26

TRES SUV NEGROS estaban en fila afuera del edificio de cemento, como si fueran una barrera vehicular. Hombres con gafas de sol y armas estaban apostados como centinelas junto a dos de los vehículos.

Todavía era temprano; la calle parecía desierta, con la excepción de un perro callejero flaquísimo, color beige, que estaba olfateando un contenedor de basura. Sin hacer caso al terror que sentía, caminé hacia la puerta del restaurante, consciente de que mis piernas no caminaban con la misma firmeza que unos minutos atrás. Dos hombres en remeras de manga corta y texanos negros, ambos con armas, bloquearon mi entrada. Podrían haber pasado por gemelos, pero uno tenía una barba tipo candado.

—Estoy aquí para ver a Hugo Morales. Me está esperando.

El guardaespaldas de la barba candado se puso el arma al hombro y me palpó de armas; como no encontró ninguna, hizo una seña a quienquiera que estaba dentro del café.

Una voz desde el interior dijo algo imposible de entender, y los dos matones se apartaron para dejarme pasar.

El interior ultrablanco del restaurante contrastaba con la persona que estaba sentada al final del salón, cerca de una de las cuatro mesas. Bien afeitado, vestía una chomba color rojo brillante y texanos caros. Era un hombre que aparentaba tener unos veinticinco años, más o menos. Llevaba un ostentoso reloj de oro y gruesos anillos, también de oro, en varios de sus dedos. Sus botas de cowboy, de piel de serpiente, eran obviamente muy costosas. Podría haber sido Hugo Morales, pero veinte años atrás. Me evaluó con una mirada fría y calculadora, con un brazo por encima del respaldo de una silla y las piernas estiradas al frente.

—Tú no eres Hugo Morales —dije.

Para que quedara claro.

—Soy su hijo, Ben Morales. Lo que sea que le tienes que decir a él, me lo puedes decir a mí.

Me crucé de brazos para disimular el temblor de mi mano. —Lo que tengo que decir es para el señor Morales, solamente.

Las puntas de las orejas de Ben se pusieron rojas, primera indicación de que estaba molesto. Se levantó de un salto de la silla y golpeó la mesa con una mano. El salero casi se cae.

—¿*Qué* es lo que me acabas de decir, perra? —Su voz hizo eco en la habitación de techos bajos.

Con la boca seca, apreté la mandíbula, manteniendo la mirada fija.

—No quise ser irrespetuosa, pero lo que tengo que decir es solo para las orejas de tu padre. —Si no lo convencía al hijo de Morales para que me llevara a él, la operación terminaría antes de empezar.

Y yo probablemente moriría.

La habitación quedó en un silencio sepulcral, como si el edificio contuviera el aliento. Los dos matones de la entrada se pusieron detrás de mí. Me volví, reconociendo su presencia. Luego me volví a concentrar en Ben y lo miré fijo, como si yo fuera un perro enojado, ignorando el sudor que me corría por la espalda.

Apareció una sonrisa en sus labios, empezó a reír y terminó con una carcajada. —Mi padre me dijo que estabas loca. Que acercarte a él para pasarle información de su enemigo, Roberto Salazar, era una locura. Ahora sé que es cierto. —Hizo un gesto de locura con el dedo junto a la sien y cerró los ojos.

Esperé a que los tres hombres dejaran de reír y contesté. —*Odio* a Roberto Salazar —escupí las palabras, como si fueran de fuego—. Haría cualquier cosa con tal de destruirlo.

Ben Morales entrecerró los ojos y me evaluó. Los dos guardaespaldas, a los que había bautizado como Mutt y Jeff, permanecían inmóviles detrás de mí. Lo tomé como una buena señal.

—¿Cómo sé que no trabajas para Roberto Salazar o para Leonardo Díaz?

Se volvió a sentar en la silla, estirando una pierna al costado. —¿Y cómo sé que lo que tienes para decir vale la pena?

Hora del show. —Viví con Roberto Salazar, y hace poco fui su huésped en la hacienda —lo miré, intentando medir su reacción. Su cara de póquer sería ideal para un torneo—. Lo conozco. Conozco sus trucos, su manera de pensar, de planificar sus ataques. También sé dónde está su oficina dentro de la hacienda, dónde están las cámaras de seguridad y dónde tiene encerrados a sus prisioneros. —Agregué ese comentario final con la esperanza de que Salazar hubiera capturado a uno o más de los hombres de Morales en el último ataque. Ben levantó las cejas.

Bingo.

Se encogió de hombros y su cara volvió a ser una máscara.

—Si lo que dices es verdad, entonces puedes ser valiosa. —Me miró de arriba abajo.

Respiré profundo para sofocar un escalofrío. Vamos, tenía que resistir.

—El odio que me tiene es tanto como el que siento hacia él. Él va a acceder a muchas cosas que nunca aceptaría si piensa que puede llegar a mí. La venganza es un motivador muy potente, como bien lo sabrás tú.

Aparentemente, estaba sopesando mis palabras. Yo me quedé callada y quieta; mi vida no era muy importante en el mundo de Ben Morales. El reloj de pared con una propaganda de Coca Cola marcó la hora. En algún lugar, cantó un gallo. El ventilador de techo era lo único que se oía dentro de la habitación.

Me señaló con la mano, con cara de aburrido.

—Llévenla con mi padre.

Mutt y Jeff me dejaron pasar y caminamos hacia afuera. Exhalé de alivio.

Estaba adentro.

27

Q UE NO SE MOLESTARAN en vendarme los ojos me dijo que el viaje hacia las tierras de Morales era solo de ida.

Mutt manejaba; Jeff iba en el asiento del acompañante, con su barba candado, y yo iba atrás. Alrededor de una media hora después, salimos de la ruta cerca de una choza maya tradicional, difícil de distinguir, flanqueada por una vegetación tupida por ambos lados y por palmeras. No había nada que rompiera la monotonía de la vegetación densa en ninguna dirección, hasta donde yo podía ver. Otro de los vehículos que había estado afuera del restaurante se posicionó atrás y esperó.

Jeff dijo algo en la radio. Un momento después, una sección de verde empezó a moverse y reveló una entrada camuflada a un camino de ripio que cortaba la jungla en dos. Manejamos hacia la entrada y nos sacudimos bastante; parecía que el conductor le apuntaba a los pozos. Miré por la ventanilla trasera y observé que dos hombres bien armados cerraban y ponían candado a la cerca de entrada.

Quince minutos después, pasamos por un paisaje muy

tupido y llegamos a un claro. Mutt estacionó el vehículo y Jeff se bajó, haciéndome señas para que hiciera lo mismo.

Dada la enorme cantidad de sombra que nos rodeaba, la temperatura había descendido a un nivel soportable. Respiré hondo e intenté relajarme. El humus de la jungla se sentía denso y húmedo. Estaba lleno de insectos ruidosos y de pájaros de brillantes colores que chillaban desde las copas de los árboles.

Los dos hombres armados me hicieron señas de que los siguiera por un bosquecillo cuyos árboles detentaban agujeros de balas, por un sendero serpenteante. De las ramas colgaban cámaras de seguridad colocadas a intervalos regulares.

Llegamos a otra entrada, de metal, de unos tres metros de altura. Mutt presionó el botón de una alarma que tenía en el bolsillo y la entrada se abrió. Cuando pasábamos, tocó sin querer la puerta y saltó hacia atrás con un grito. Jeff se rio.

—Cabrón.

Aparentemente, la puerta estaba electrificada. Bueno saberlo.

Unos pocos metros más allá de la puerta electrificada había una pared de acero corrugado y oxidado, perforada por más agujeros de bala. Mutt golpeó tres veces y luego dio un golpecito corto. La puerta se abrió y entramos.

Me quedé sin aire ante la vista que tenía frente a mí. Había esperado una zona de guerra. Lo que vi fue un parque arreglado con esmero, increíble, con una enorme fuente de piedra caliza rodeada por un conjunto de plantas coloridas, como pájaro del paraíso, plumería y poinciana real. Estaba lleno de árboles de plátano, mango y papaya. Una antigua arcada llena de uvas de pitaya precedía unos escalones que llevaban a un enorme edificio de piedra construido a la manera de un palacio maya.

Al parecer, los hombres de Salazar no habían llegado hasta aquí.

Sobre una base inclinada había varias escaleras poco

profundas que subían al primer piso, que estaba decorado con máscaras de guerra, a ambos lados, al igual que las paredes del segundo piso. Sostenida por dos columnas, había una enorme entrada, y luego tres feroces máscaras de narices curvas miraban irónicas a los visitantes, con un friso tallado en piedra debajo de ellas. La fachada superior imitaba la inclinación de la base y estaba decorada con mosaicos de piedra de diseño intrincado que alternaban con otros de diseño geométrico.

Seguí a los guardaespaldas por los escalones de piedra; atravesamos la oscura entrada y pasamos a un interior fresco. A medida que mis ojos se adaptaban, pude ver alfombras coloridas con diseños geométricos. Había hojas de palmera en macetas sobre las paredes. Con el evidente objetivo de ser una especia de línea adicional de defensa, la habitación casi desnuda llevaba a un pasillo que terminaba en una puerta de acero.

Mutt introdujo una combinación en el tablero. La cerradura hizo clic y entramos.

La habitación estaba decorada con muebles macizos de teca adornados con almohadones de colores suaves. La falta de ventanas y el silencio interior le daba un aire de bóveda. Había una pared con puertas dobles muy altas. Por absurdo que parezca, me vino a la memoria Dorothy y su séquito, asustados en el gran hall de espera antes de su audiencia con el Mago de Oz.

Definitivamente, no estábamos en Kansas, Toto.

Las otras paredes estaban decoradas con tapices, intercalados con más máscaras mayas y objetos de arte, cada uno con su iluminación propia. Después de haber leído el archivo sobre Morales, no me sorprendía la escala de lo que veía. Personalmente, lo habría catalogado más como del tipo héroe-conquistador, con un gusto más napoleónico.

—Espera aquí —dijo Mutt. Fue hasta las puertas dobles y golpeó. Luego dio un paso atrás. Una diminuta red roja sobre su cabeza indicaba la presencia de una cámara de seguridad. Sonó un zumbido y la puerta hizo clic. Mutt la sostuvo abierta y yo entré. Los dos guardas me siguieron.

La habitación era una continuación de la anterior: cielorrasos altísimos, paredes de piedra calcárea cubiertas por tapices y máscaras mayas, sin ventanas.

Hugo Morales estaba sentado detrás de un enorme escritorio, con su escaso pelo peinado a un costado, un par de gruesas gafas de leer sobre la nariz y las mangas de la camisa enrolladas hasta los codos. Una sola lámpara iluminaba su cara. No era un hombre particularmente imponente. Su complexión pálida y su porte evidenciaban demasiados años de comidas ricas y grasosas acompañadas de mucho alcohol y cigarros. Miró hacia arriba cuanto entramos y dejó el archivo que estaba leyendo. Nos detuvimos a mitad de camino de su escritorio.

—¿Kate Jones? —preguntó, con un aire de persona privilegiada y poderosa que lo envolvía como si fuera una gruesa capa de barniz.

Asentí.

—Ven más cerca —gruñó, chasqueando los dedos, para que me adelantara.

Caminé hacia él y me detuve muy cerca de su escritorio.

—Mi hijo me dice que tienes algo de utilidad para mí —me espió por encima de sus gafas de leer, evaluándome—. O eres muy valiente o muy estúpida para venir aquí. Todavía no sé cuál de las dos.

Yo seguí en silencio.

—Tal vez un poco de ambas, ¿no? —sonrió.

Me corrió un escalofrío por la espalda. Me concentré en respirar.

—Siéntate. —Morales señaló una de las sillas que había cerca de su escritorio.

Me senté. A su izquierda, una estatuilla de un esqueleto

femenino con una guadaña en una mano y una lechuza en la otra me llamó la atención. De unos setenta centímetros altura y vestida con un vestido de lamé dorado con lazos, tenía una corona cubierta por cuentas de Mardi Gras de todos los colores. A sus pies había muchas velas pequeñas y una corona de flores artificiales. Morales siguió mi mirada.

—¿Conoces esta figura?

—La Señora de la Noche.

Asintió, aparentemente complacido de que la conocía. —*Santa Muerte*, protectora de todos los que trabajan en la oscuridad.

—Nunca la había visto con una lechuza. Supongo que representa la sabiduría, ¿no?

—Sabiduría, sí, pero también simboliza un mensajero. —Su mirada se hizo más intensa y yo desvié la mía.

—Estoy acostumbrada a ver imágenes del otro hombre al que los cárteles le rezan —dije.

Morales se rio. —Te refieres a *Jesús Malverde*. Eso es porque has andado con ladrones comunes. La *Señora de la Noche* es una santa celosa. Ella tiene que ser la única a la que le pedimos protección. —Se recostó en su silla y puso las manos por detrás de la cabeza.

—Entonces, dime, Kate Jones. ¿Qué tipo de información tienes que yo podría querer?

—Como le dije a su hijo, conozco a su enemigo, Roberto Salazar. Viví tres años con él. Conozco sus trucos, cómo prepara sus planes. También sé cosas importantes sobre la hacienda en la que está ahora: dónde está su oficina, dónde tiene a los prisioneros.

—¿Y cómo sabes todo eso?

—Fui su prisionera recientemente.

Morales se inclinó hacia adelante. —¿Y cómo estás libre? Por lo que sé de Salazar, él nunca dejaría que alguien a quien considera valioso escape. Especialmente, alguien a quien odia tanto como dices.

—Por eso le estoy agradecida a usted. Un día después de que me llevaran allí, la hacienda fue atacada. Por lo que sé, el ataque provino de sus fuerzas. Se hizo tanta confusión que logré escapar —hice una pausa, para que fuera absorbiendo la información—. He venido a devolverle el favor por su ayuda involuntaria.

Morales sonrió. —Y de paso eliminar un peligroso enemigo, ¿no?

Le correspondí la sonrisa, sosteniendo su mirada. —Sí, claro. Pero también es un poderoso enemigo suyo. Esta sería una situación en la que los dos ganaríamos.

Lo consideró por un momento, y yo empecé a transpirar.

Vamos, Hugo. Tienes que creerme. Si no me creía, tendría que pensar en algo más atractivo para que me dejara quedarme allí.

—Mm, los dos ganaríamos. Eso es cierto. O, lo sería, si es que yo necesitara esa información que dices que tienes.

Morales acarició con el dedo el dobladillo del vestido de *Santa Muerte*, con un aire pensativo. Me miró fijo. —En represalia por nuestro ataque, Salazar nos devolvió el favor. Pero lo estábamos esperando. Tenemos un rehén que tiene hasta mejor información que tú.

El corazón se me detuvo. Inhalé y exhalé despacito, intentando vencer la ansiedad que me empezaba a devorar.

—Si el odio de Salazar hacia ti es tan fuerte como dices, entonces te usaremos como carnada, junto con el otro cautivo. Será mejor de lo que esperaba.

—¿A quién capturó? Puedo decirle si él estará más interesado en mí o en el otro; o si le dirá algo de utilidad.

Morales se rio. —Claro que puedes. De todos modos, si Salazar no se siente lo suficientemente motivado por mi oferta de entregarte a él, entonces puedo mejorar el trato agregando al otro prisionero.

—Todos los hombres de Salazar son absolutamente leales —dije—. Están bien entrenados para dar información falsa. No creo que consiga nada de su interés.

—Ah, yo creo que sí. Este prisionero es conocido por cambiar de bando si se le ofrece una buena recompensa —hizo una seña a Mutt y Jeff—. Llévenla abajo.

Cada uno me tomó de un brazo y me llevaron hacia la puerta. Me di vuelta, a mirar a Morales.

—¿En serio? Vine aquí a ofrecerle ayuda, y ¿usted me trata así? —el pánico me estaba dominando; yo intentaba zafar de Mutt y Jeff para liberarme. El plan A no estaba funcionando y no podría implementar el plan B que pensamos con Quinn si no funcionaba el A. Los planes C y D no servían para esta situación. Quedaba el plan E, y no había prestado atención—. Podría trabajar un poco más su capacidad de socializar, Hugo.

—Esperen —ordenó Morales.

Mutt y Jeff se detuvieron. Vi, esperanzada, que Morales caminaba alrededor de su escritorio, buscó en un bolsillo y tomó un teléfono. Lo sostuvo en alto y me tomó una foto. El teléfono volvió a su bolsillo.

—Evidencia para Salazar.

Se dio vuelta y se fue.

28

LA PUERTA DE MI CELDA se cerró, seguida por el ruido de la llave en la cerradura, cuando Jeff y Mutt me dejaron sola en la habitación fría y húmeda. Mientras me frotaba los brazos para no enfriarme, hice un inventario del lugar.

Paredes gruesas de bloques de cemento con puerta oxidada de metal.

Tres aberturas a nivel del suelo demasiado pequeñas para pasar arrastrándome, que posiblemente fueran para la circulación del aire, pero más probablemente para la limpieza.

Un balde de plástico de unos diez litros, sin manija, el último grito de la moda en decoración para baños.

Una manta sucia tirada sobre el piso frío y húmedo.

Nada de agua, comida ni papel higiénico.

La única luz provenía de una pequeña abertura en la base de la pared trasera y por otra abertura más grande, con barras, en la parte superior. Frío, humedad y oscuridad. Evidentemente, Morales sabía cómo tratar a una mujer.

Sin saber qué hacer, me senté en cuclillas, porque no quería sentarme en ese piso frío y perder así el poco calor que tenía.

Para no entrar en pánico, recordé el encuentro con Morales, preguntándome qué otra cosa podría haber hecho para que hubiera salido diferente. Quinn dijo que me iba a sacar si Morales no mordía el anzuelo. Ahora, parecía que yo era la carnada.

Buen trabajo, Kate. ¿Y ahora qué?

Pascal me dijo que Quinn no iba a dejar que me pudriera aquí. Tenía que creer en él o el pánico sería inevitable.

¿Sería que Quinn tenía a alguien trabajando para Morales? Si era así, ¿para qué me necesitaba para recabar información desde adentro? A menos que su hombre no tuviera un rango muy elevado en la cadena de comidas de Morales. Si algo sabía yo era lo paranoico que se puede volver el líder de un cártel. No confiaban en nadie, especialmente en los que tenían un rango inferior.

La desconfianza vino con el costo del trabajo de hacer las cosas en una cultura violenta y hambrienta de poder donde la lucha por la dominación sobrepasaba a la lealtad, la amistad e incluso la cordura. Cada vez que alguien mencionaba lo despiadados que eran los hombres de Wall Street, yo me reía. No tenían idea de lo que era ser despiadado.

La crueldad era recompensada. Locos a los que habitualmente se los consideraría asesinos seriales en una sociedad de buenos modales, continuamente ascendían por sus técnicas creativas para castigar y matar. Hacer dinero utilizando cualquier medio posible era la yihad del cártel contra la oscuridad y la incapacidad. Sin su dinero ni su influencia, todo lo que quedaban era balas y matones.

No que el pensamiento me resultara muy reconfortante en este momento.

Nerviosa por el estrés del encuentro con Morales y por mi creciente pánico porque no sabía qué es lo que tenía planeado para mí, caminé de un lado a otro de la habitación hasta que no pude más. De cuando en cuando, se filtraba un sonido por una de las aberturas cerca del piso. Me arrodillaba cerca del agujero para escuchar, y hasta traté de decir algo, por si había alguien del otro lado, pero no obtuve respuesta.

La manta parecía más sucia que el piso, pero era todo lo que tenía. La sacudí, por si tenía compañía y la doblé varias veces para hacerla más gruesa. Me senté sobre ella con las piernas cruzadas y apoyé la espalda en la pared.

Las sombras se alargaron y oscureció. Afuera, un coro de ranas empezó su sinfonía nocturna, acompañadas cada tanto por el chillido de algún mono. Con nada visual para ocupar mi mente, los recuerdos de Cole volvieron a perseguirme: el hoyuelo en su mejilla al sonreír; la imagen de su pelo revuelto por la mañana, antes de ducharse y cómo me gustaba acariciárselo, intentando arreglarlo; la manera en que se mordía el labio inferior cuando se estaba concentrando.

No pienses en Cole. Mantén tu mente ocupada con el presente.

Apareció la cara de Sam y apoyé la cabeza, preguntándome cómo era posible que él quisiera estar conmigo después de todos esos años, sabiendo que si salía viva de México, sin matar a Salazar, tendría que permanecer lejos. Ir con él sería como jugar a la ruleta rusa con su vida. Pero cuando recordé la oportunidad que tuve de irme con él y mi negativa, me embargó la desesperación.

No te tortures, Kate. Hiciste lo que te pareció correcto.

Dadas las cosas, el poco tiempo que estuve con Sam sería tal vez el último contacto humano positivo que experimentaría si no podía escapar. El peor de los casos: terminar de nuevo bajo el pulgar de Salazar. Si no me mataba primero, iba a tener que soportar la vida brutal y degradante de la trata de blancas. Si pensaba que Morales estaba alardeando y no le atraía la propuesta, entonces seguro que a Morales no le serviría de nada y me mataría.

En ambos casos, no era un retiro muy atractivo.

Pensé en mi familia, en Minnesota, con los que no había hablado durante años por temor a que se convirtieran en objetivos de los cárteles. Mis hermanas, por más críticas que fueran de mí y mis decisiones en el pasado, eran mi familia, al igual que mis padres. Había cambiado tanto en estos años que dudaba de que tuviéramos algo en común; pero me reconfortaba pensar en ellos.

Cayó la noche y mi habitación se sumió en la oscuridad. Exhausta y emocionalmente agotada, me hice un ovillo sobre el pequeño cuadrado de la manta y cerré los ojos, con la vana esperanza de dormir.

———

Al día siguiente, temprano, alguien deslizó una botellita de agua y una lata abierta de atún bajo la puerta para el desayuno. Después de eso, el día pasó sin visitas.

Tener demasiado tiempo para pensar no era bueno, especialmente para alguien con una imaginación hiperactiva, así que me distraje intentando recordar las letras de mis canciones favoritas. Ya había cantado varios álbumes y estaba cantando una canción de John Hiatt, de mi "top ten", cuando otra botella de agua rodó por debajo de la puerta.

—¿Qué pasa? ¿No hay platos típicos? ¿Nada de carne? Estoy decepcionada.

—Considéralo comida de spa, puta —fue la respuesta—. Recibiste atún porque te quiere con vida. Por ahora.

El día continuó y me quedé mirando las sombras proyectadas en la pared a medida que la luz desaparecía. Pensé en marcar la pared para tener un registro de mi estadía, pero me di cuenta de que probablemente no estaría mucho tiempo por aquí. Lo único que escuchaba era el ocasional golpe de una puerta a la distancia, o pasos por el frente de mi celda. Con tanto tiempo en soledad, solo pensaba en cómo me mataría Morales.

¿Cuándo iba a hacer su jugada? ¿Pensaba cambiarme por uno de los hombres que capturó Díaz? Salazar no iba a aceptar hacer lo mismo, no después de haber perdido a dos de sus hombres la última vez. Sin embargo, dudaba de que Morales supiera de la jugada de Quinn para intercambiarme, entonces, tal vez se lo propusiera a Salazar.

Sin nada mejor que hacer, me recosté e intenté meditar como Sam me había enseñado en Alaska. Funcionó durante diez minutos; después, me quedé dormida.

ME DESPERTÉ DE UN SALTO POR EL SONIDO DE GRITOS.

Totalmente alerta, me esforcé por ver de dónde venían. Desorientada, no sabía cuánto tiempo había dormido.

Otro grito retumbó en la habitación. Me deslicé hasta el otro extremo de la celda y apoyé la cabeza sobre los bloques fríos de la pared. Por las aberturas de la base, se filtraban palabras incomprensibles y quejidos. Distinguí dos voces. La voz principal sonaba paciente, casi aburrida. La otra se oía más errática, algo que reconocí en mis días con Salazar: una modulación irregular pausada por lamentos.

Tortura.

Sin hacer caso de la mugre, me recosté de costado sobre el piso, con la oreja pegada a la apertura en la pared, y seguí escuchando. Las palabras empezaron a oírse más coherentes.

—Quiero ver a Morales —un chasquido provocó el silencio del prisionero—. Ay...ay...

El estómago se me revolvió con los lamentos. Había hablado en español, pero capté un acento estadounidense.

—Tú, hijo de puta, espera a que te ponga las manos encima...—otro chasquido y más gritos.

—Estás acabado, Sterling.

¿John Sterling? Contuve el aliento. Eso explicaba la actitud indiferente de Morales ante mi ofrecimiento de darle información. Por supuesto que no me iba a necesitar si tenía a uno de los hombres que eran la mano derecha de Salazar. Sterling sabía mucho más acerca de las operaciones recientes de Salazar que yo. Sentí pánico. Quinn y yo no pensamos en lidiar con este panorama.

Estaba sola.

—Púdrete. —Sus palabras sonaron húmedas y distinguibles a medias, como si le hubieran pegado bastante en la boca. El recuerdo de su expresión cruel cuando lo vi en la hacienda me vino a la mente. Me permití un momentito de satisfacción por su captura, pero me bajé del tren bien rápido, porque sabía que yo podía ser la próxima.

—Tú eres el que está podrido.

Hubo una mínima pausa en la conversación, seguida de un sonido que parecía que estaban arrastrando un mueble por el piso.

El torturador de Sterling siguió burlándose de él.

—¿Por qué? Porque a partir de esta noche, no va a haber ningún *El Castillo* de mierda. Díaz y Salazar van a ser aplastados, y entonces, ¿quién te va a cuidar tu culito blanco, pendejo? Sobre todo porque eres de la DEA. A los muchachos les va a gustar pasar un momento contigo, ¿no?

—*Era* de la DEA, idiota. Todavía tienen que luchar con los nuevos muchachos que están en la zona —dijo Sterling, con una respiración entrecortada—. Oí que están nadando en armas y dinero. Uniéndose a *El Castillo* es la única forma de luchar contra ellos.

—Mentiras de mierda. Morales los tiene cubiertos a ellos

también. No tienes la menor idea de a quién te estás enfrentando cuando del Sr. M. se trata. Además, eso no es ningún cártel, puto. Esos tipos son un grupo de granjeros de mierda con horquetas. Hay uno solo que nos preocupa, que es un cabrón de Fuerzas Especiales llamado Quinn.

Al oír el nombre de Quinn y de sus hombres el pulso se me aceleró. ¿Cómo sabía el hombre de Morales que no eran un cártel? ¿Y cómo mierda sabía que Quinn era de Fuerzas Especiales?

Sterling contestó, pero no pude oír lo que dijo. Me obligué a calmarme para poder oír mejor.

—No, hombre. Morales le mandó un mensaje a Díaz diciendo que quería unirse con él para pelear contra este otro cártel, y Díaz mordió el anzuelo. Luego se aseguró de que ese tipo Quinn se enterara. Lo hizo bajo el radar, para que no pensaran que se trataba de una trampa.

—Esa va a ser una tormenta de mierda. ¿Qué pasará si tu jefe es capturado en medio del tiroteo? —dijo Sterling.

El otro hombre se rio. —El Sr. M ya se hizo cargo de eso. El resto de la tripulación y yo vamos a estar esperando para buscarlo cuando ellos aparezcan. Ni siquiera estará allí.

—Buen plan, excepto que Díaz no va a llevar a Salazar. No es estúpido. Si Salazar descubre que Morales le tendió una trampa, puedes despedirte para siempre, amigo. Irás a ver cómo crecen los rábanos desde abajo.

—¿Tu amiguito Roberto? Él también vendrá a la fiesta. El Sr. M le hizo saber no solo que te tenemos, que seguro que no les interesa una mierda, sino que también tenemos a su puta. No hay nada más fácil que jugar con un hombre que tiene sed de revancha.

La risa de Sterling no sonó muy alegre. —Me imagino que estás hablando de la estadounidense que lo traicionó. Él no es tan estúpido para ponerse en peligro, ni siquiera por ella.

—Ahí es donde te equivocas. Salazar se la tiene jurada a la gringa pinche —su risa rebotó por las paredes—. Va a ser una buena noche. Va a correr sangre.

Oí un ruido como de rasguños y pasos por la habitación.

—Te voy a dar una chance más para que me digas dónde tienen las armas Díaz y Salazar. Si no lo haces, sabes lo que viene, ¿no?

—Hijo de la chingada —fue el epíteto de Sterling.

—Me sorprende que metas a mi madre en esto, cabrón —la risa del hombre tenía la cadencia irritante de un martillo—. Sostenle la cabeza mientras le pongo la toalla. —Su orden fue la primera indicación de que había otra persona más.

El sonido del agua resonó por la habitación. Esperé, sabiendo lo que venía, con el estómago revuelto. La tortura es algo muy difícil de oír, sin importar quién la reciba, y el tratamiento llamado "submarino mojado" no era la excepción. Había que agradecer a Abu Ghraib por la popularidad del uso de esa técnica. A los cárteles les encantaba cualquier cosa que hiciera que la persona entrara en pánico antes de que la mataran. Cuanto más luchaba la víctima, mejor.

La tortura con agua continuó. Se oía que alguien se ahogaba y tosía, y después golpes fuertes. Me imaginaba a Sterling luchando contra sus ataduras, en pánico por la sensación de ahogo.

—Te dije que le sostuvieras la cabeza, amigo —siseó el hombre de Morales.

—Eso intento —fue la respuesta. Los golpes y los sonidos de ahogo continuaron. Aturdida, me pregunté si ellos sabrían cuánto tiempo podrían seguir torturándolo sin que el hombre se muriera. Los hombres de Morales no parecían del tipo que se sienten orgullosos de aplicar la tortura de forma correcta. Intenta hacer que hable después de muerto, pensé.

—Quítala.

El sonido de agua cesó.

Me alejé y me senté, porque ya no quería oír más.

Empecé a entrar en pánico cuando me di cuenta de que probablemente, ahora era mi turno, sobre todo si Sterling había muerto antes de que obtuvieran la información que querían. Me puse de pie y anduve por la habitación, tratando de pensar en una manera de escapar. Una vez que se fueran los interrogadores, podía hacer que viniera un guardia a abrir la puerta, con la esperanza de que me las arreglaría para escapar. Solo se me ocurría gritar para que alguien viniera. Pero los gritos atraerían a más de un guardia. No era la mejor de las ideas, y solo tenía una manta y un balde de unos diez litros como armas.

Si me ubicaba detrás de la puerta con la manta, y se la arrojaba a la cabeza del primer guardia para desorientarlo, ¿tendría el tiempo suficiente para reducirlo antes de que viniera alguien más? ¿O tendría que luchar con dos a la vez? La confianza en mi habilidad para desarmar a dos hombres armados en una habitación tan pequeña no era muy alta, pero ¿qué más podía hacer? Si me quedaba y no hacía nada, me matarían o algo peor. Si me las arreglaba para escapar, no solo evitaría la tortura de Morales y el infierno de Salazar; también les podría avisar a los hombres de Quinn antes de que cayeran en la trampa de Morales.

Esperé unos cuantos minutos, y oí que se cerró la puerta de la otra celda, y me aseguré de que solo quedaba Sterling allí. Tomé la manta y el balde y me acerqué a la puerta. Inhalé profundo, golpeé fuerte con el balde contra la puerta y grité a todo pulmón.

—¿Por qué mierda estás gritando, puta?

Parecía la voz de Mutt. Oí otra voz, y mi optimismo disminuyó. *Más de uno. Eso no era bueno.*

—No, amigo. Tengo que hacer esto. Ve tú. Ya te alcanzo —masculló Jeff.

La llave entró en la cerradura y la puerta se abrió. Esperé a que diera un paso dentro de la habitación; le arrojé la manta en la cabeza y me lancé contra él con todo el cuerpo.

—¿Qué mierda? —gritó, tambaleándose hacia adelante, intentando quitarse la manta.

Lo empujé y lo hice girar mientras todavía estaba desorientado; luego le di una patada con la pierna derecha. Se quejó y se dobló en dos cuando mi pierna le dio en el riñón. Me preparé para dale otra patada antes de que se quitara la manta, pero aborté la idea cuando su socio, Jeff, apareció corriendo en la habitación, con un arma en la mano.

Sin apenas mirarme, levantó el arma con silenciador, caminó hasta Mutt y le dio dos tiros en la nuca. Mutt cayó al piso, empapando la manta con su sangre. Jeff vino a mí y me tomó del brazo.

—Estoy con Q. Vamos —dijo, y salió de la celda.

29

CORRIMOS POR un corredor oscuro hasta llegar a unos escalones. Jeff levantó la mano. Me quedé quieta mientras él inspeccionaba el área y luego me hizo señas de que lo siguiera.

Los dos subimos por las escaleras y volvimos a detenernos al llegar arriba. Había una puerta de acero que él abrió con una de las muchas llaves que tenía colgadas del cuello. Se aseguró de que no hubiera nadie y pasamos a la siguiente habitación.

Agachados, corrimos por la habitación hasta el otro lado. Cuando llegamos al siguiente hall, hizo una pausa para mirar a su alrededor. El lugar estaba desierto. Nadie había venido para detenernos, y eso me ponía muy nerviosa.

—¿Dónde están todos? —susurré.

—Morales mandó a casi todos sus hombres al encuentro. Solo quedaron unos pocos.

—A defender el complejo si las cosas se van a la mierda.

Jeff asintió.

—Tienes que alertar a Quinn. El encuentro es una trampa. Morales va a intentar eliminar a Díaz y a Quinn al mismo tiempo.

—Mi prioridad uno es sacarte de aquí sana y salva. Órdenes de Q. Una vez que haya logrado eso, contactaré a Q.

Jeff señaló hacia otra puerta del otro lado de la habitación. Fuimos rápido hacia allí y pasamos. Era una salida lateral que daba al piso bajo del templo maya de Morales. El frente del templo brillaba con fuerza, como Nueva York un viernes a la noche, al igual que el parque y la fuente; todo iluminado. Por suerte, nuestro lado del edificio estaba protegido por la oscuridad.

Lo seguí escaleras abajo hasta la planta baja. Evitamos la entrada principal, con los dos hombres armados apostados bajo la arcada, que estaban fumando. Jeff señaló un bosquecillo de plátanos a nuestra izquierda. Nos escabullimos por el jardín hasta que quedamos ocultos. Jeff me hizo señas para que me detuviera.

—Vamos a tener que ir a la entrada principal a pie —dijo en voz baja—. Si robamos un vehículo vamos a llamar mucho la atención. No tendría que resultarnos difícil llegar allí. Morales tiene dos hombres armados en la entrada principal. Hay otros tres escondidos en distintas posiciones a lo largo del camino, pero eso lo tengo arreglado.

—¿Y el cerco de metal con la puerta eléctrica?

—Conozco una manera de rodearlo. Iremos por la jungla y luego volveremos al camino una vez que lo hayamos sorteado —me miró—. ¿Lista?

Asentí.

Empezó a caminar por la jungla a paso vivo y yo lo seguí. Debe haber memorizado la ruta, porque al poco tiempo doblamos a la derecha y volvimos a encontrar el camino. De vuelta en terreno llano, empezamos a trotar.

Doblamos por una curva en el camino y Jeff me hizo señas para que me quedara detrás de un árbol. Luego caminó unos cuantos metros más. La luna llena iluminó una silueta oscura que apareció de la jungla a encontrarse con él. Una risa apagada acompañada por la llama de un encendedor. Poco después, Jeff se hizo a un lado y la silueta se desplomó. Lo tomó de las axilas y lo arrastró fuera del camino.

Jeff corrió hacia mí, secándose las manos en el pantalón de fajina.

—Uno menos —dijo.

Continuamos por el camino y nos detuvimos dos veces más para que Jeff se deshiciera de otros dos guardias.

Una vez que pasamos al tercer hombre armado y pasamos una curva más, vimos la entrada principal. Nos detuvimos justo antes del final de una fila de árboles, a una distancia discreta de los dos guardias. Jeff se enrolló la pierna del pantalón y vi un estuche con un arma, en el tobillo. Me dio su pistola Sig Sauer 9 mm.

—Toma esto, por si nos separamos. Mi plan es eliminar a los dos guardias. Si algo sale mal, tienes que idear una distracción. Si algo sale realmente muy mal, dispárales. Tiene el cargador lleno y aquí tienes otro más, lleno también.

—Gracias —dije, guardando las municiones—. Oye, ¿cómo te llamas?

No me parecía correcto seguir diciéndole Jeff.

—Jesús.

—Muy apropiado —dije con una sonrisa. Me sonrió y se fue.

Me quedé detrás de unas palmeras y espié por las hojas a los dos guardias que estaban junto a la entrada, hablando en voz baja. Los dos miraron a Jesús y le sonrieron. Jesús los saludó y les pidió fuego. El guardia de la izquierda se puso el arma sobre el hombro y buscó en su bolsillo. El metal brilló bajo la luz de la luna cuando Jesús lo acuchilló. El hombre cayó de rodillas, con un quejido sordo. El segundo guardia gritó y buscó su arma. Jesús giró y le disparó dos veces. Cayó hacia adelante, con un golpe seco.

Jesús se dio vuelta y me hizo señas de que fuera hacia él. Salí de atrás de las palmeras y estaba por cruzar el camino cuando apareció otro hombre. Me paralicé; no sabía si me había visto.

Jesús me vio la cara y giró de golpe. El otro hombre disparó primero. El arma de Jesús disparó un segundo después.

El otro hombre gritó y cayó sobre una rodilla, todavía con su arma. Jesús se tambaleó un paso hacia atrás, con la mano en el pecho. Me moví rápido hacia el otro tirador que intentaba ponerse de pie, que seguía apuntando al pecho de Jesús. Tomé la Sig Sauer con las dos manos y jalé del gatillo.

El tirador cayó hacia atrás. Corrí a su lado y le pateé el arma fuera de su alcance. No me hubiera molestado: tenía la vista perdida en el vacío.

Jesús se quejó; las rodillas se le habían aflojado. Corrí a ayudarlo.

—¿Es grave? —pregunté.

Movió la mano y mostró una enorme cantidad de sangre en la camisa. Respiraba irregularmente y se oía un silbido alarmante que venía de la herida. Lo ayudé a sentarse y fui a la choza de la entrada a buscar un kit de primeros auxilios. Encontré varias vendas y un rollo de cinta.

Primeros auxilios; estilo cártel.

Le vendé la herida. Se inclinó hacia adelante e hice lo mismo donde me imaginé que estaría la salida de la bala. Luego le puse más cinta alrededor del torso.

—Tengo que sacarte de aquí —dije.

Jesús movió la cabeza. El sudor le corría por la cara. —No. Tienes que irte, ahora. Les diré que nos dispararon los hombres de Quinn y nos dejaron aquí a morir, y que tú escapaste —hizo una mueca de dolor—. Ahora depende de ti avisarle a Quinn. Yo no voy a poder.

—¿Dónde están?

—Cinco kilómetros al oeste de aquí, en las ruinas de Ixchel, del lado norte. Hay un pequeño cartel de madera en la ruta. Mantén los ojos abiertos; es fácil pasar de largo. El lugar del encuentro está a un kilómetro y medio hacia adentro.

—¿Por qué allí? ¿No es un lugar turístico o algo así?

—Es propiedad de Morales. Expulsó a los arqueólogos antes de que empezaran a excavar. Nadie más usa el lugar salvo él —me hizo señas de que me fuera—. Vete ahora. El control de la puerta está en la choza. El botón rojo. Déjala abierta.

—No puedo irme así. Arriesgaste tu vida por mí.

Se miró el pecho y luego a mí. —Has hecho todo lo que pudiste. Tienes que salvarte, o será un ejercicio sin sentido. Si no te vas ahora, nos matarán a los dos.

Tenía razón. Me obligué a caminar a la choza. Encontré el control y apreté el botón. La puerta se abrió.

—Gracias, Jesús —murmuré, y le puse una botella de agua que encontré en la choza en la mano. En la encrucijada de tener que dejarlo y también alertar a Quinn, finalmente pasé por la puerta.

30

L A LUNA ILUMINABA el camino lo suficiente para ver a dónde iba. Cinco kilómetros era mucho porque el tiempo era vital para Quinn y sus hombres. Empecé a correr.

No había tráfico en esa sección del camino rural. Cuando vi las luces de un vehículo, de inmediato me escondí en la zanja al costado del camino. El SUV que pasó me resultó familiar. Me di cuenta de que era como el que usó Quinn para dejarme en el lugar del encuentro, dos días atrás, y salí de mi escondite, agitando los brazos y gritando.

El conductor clavó los frenos y dio marcha atrás.

Respiré aliviada y corrí hacia ellos. Al llegar a la puerta del conductor, vi a Blondie que estaba al volante.

—Por Dios, ¡qué alegría verte! —dije, sin aliento por la corrida.

—¿Qué mierda estás haciendo aquí?

—Larga historia. Tenemos que alertar a Quinn sobre el encuentro con Morales. Es una trampa.

—Voy hacia allí. Sube.

Mientras iba hacia el lado del acompañante, pensé que entonces yo había estado corriendo hacia el lado contrario. Dijo que iba hacia allí. Preocupada, fui hasta la puerta y la abrí, pero no subí.

—Me estás ahorrando una caminata larga. Doce kilómetros es muchísimo.

—Sin duda. Rápido. Puedes decirme lo que sabes en el camino.

Las ruinas de Ixchel estaban a menos de cinco kilómetros de donde estábamos, no a doce, y en la dirección opuesta. Miré hacia abajo como si se me hubiera caído algo.

—Mierda. Espera un minuto —dije, y di unos pasos hacia atrás mientras lo miraba por el rabillo del ojo.

La sonrisa de Blondie nunca desapareció, pero vi su mano que iba hacia la cartuchera con el arma, en su hombro.

Me protegí tras la rueda trasera del vehículo y tomé el arma. Con la espalda apoyada en la rueda, me concentré en deducir qué hacía Blondie. La puerta del conductor se abrió y oí el ruido de botas sobre el camino.

Con el corazón desbocado, calculé la distancia que me separaba de la jungla; no era mucho, pero no sabía si correr o dispararle.

—¿Qué estás haciendo, Kate? Deja de jugar. Tenemos que irnos.

Corrí junto a la puerta abierta del pasajero hacia el frente del SUV, luego giré y me apoyé contra el capó, arma en mano.

Una cosa a mi favor: él no sabía que yo tenía un arma.

Blondie rodeó el vehículo. Su mano derecha estaba en la oscuridad por la sombra. En cuanto tuve la oportunidad, le disparé; di justo en su hombro derecho.

Eso tenía arreglo si yo estaba equivocada.

Él se tambaleó hacia atrás, tocándose el hombro. —¿Qué mierda...?

El objeto que tenía en la mano ahora brilló a la luz de la luna. Rodeé la puerta del acompañante.

—Arroja el arma —dije, apuntando a su cabeza. Estaba absolutamente concentrada y con la adrenalina fluyendo a mil kilómetros por hora; ni hablar de los latidos de mi corazón. Pensé que me iba a explotar la cabeza de la presión. Con las palmas sudadas, me reposicioné.

—¿Qué estás haciendo, Kate?

—Estás yendo en la dirección equivocada.

Los ojos se entrecerraron apenas, a la vez que su mano izquierda intentó recuperar el arma que se le había caído.

Disparé.

La bala le atravesó el cráneo, salpicando sesos y sangre y pedacitos de hueso por la ventanilla del auto. Su arma cayó al pavimento junto con él, dejando un caminito de sangre por el costado del SUV.

Sentí el gusto a bilis en la garganta y luché para no vomitar. Cerré la puerta del pasajero, corrí del lado del conductor y subí. Las llaves estaban puestas.

Respiré hondo varias veces y esperé a que se me pasaran las náuseas. La traición de Blondie me golpeó durísimo. Nadie era quien aparentaba ser en esta lucha espantosa por sobrevivir. No sabía en quién confiar.

Quinn. Tenía que avisarle a Quinn.

Con manos temblorosas, encendí el vehículo. Di la vuelta en U y salí a toda velocidad, con el acelerador a fondo. Volé hacia las ruinas.

DIEZ MINUTOS MÁS TARDE, encontré el diminuto cartel de Ixchel. Doblé por el angosto camino y seguí otro kilómetro antes de estacionar bien adentro en los matorrales y bajé. Continué por el camino y me detenía cada tanto para escuchar. La ausencia de disparos me decía que Morales no había empezado su asalto.

Vi una fila de vehículos SUV y aminoré la marcha, manteniéndome a distancia por si los hombres de Morales o de Díaz habían dejado conductores en posición.

Detrás de los vehículos había una pared cubierta de parras, de unos dos metros. La seguí hasta el final, manteniéndome agachada y en las sombras. Llegué a una ruina parcialmente excavada. Como no sabía dónde estaban ubicados los hombres de Morales, y me imaginaba que Quinn tendría a sus hombres no muy lejos, hice lo que pude para mantenerme oculta y fuera de la línea de fuego.

Pasé por la ruina y seguí adelante, hasta llegar a un estrecho sendero que llevaba a otro edificio. Chichen Itzá tenía una estructura similar llamada *El Caracol*, o el Observatorio, pero la torre redonda sobre la plataforma de aquí parecía mucho más pequeña. Una luz de un patio interior o plaza de la ciudad maya en ruinas iluminaba los inclinados escalones construidos al costado de la estructura. Me acerqué, agazapada, a la fuente de luz.

Había antorchas encendidas a una distancia equidistante una de otra, rodeando una mesa rectangular sobre la cual vi una botella de tequila bien grande y varios vasos. Al menos siete edificios antiguos de diferentes tamaños y en distinto estado de desintegración y excavación rodeaban la plaza, lo que le daba al lugar la apariencia de un templo en ruinas. La estructura más alta estaba a un extremo de la plaza, con una gran base cuadrada, y se elevaba en forma de pirámide. La ruina debió utilizarse como templo para rituales religiosos, incluida la decapitación de enemigos y el arrojarlos desde el piso más alto escalones abajo, para que rodaran y rebotaran hacia la multitud enloquecida.

Un pensamiento reconfortante.

Hombres armados estaban apostados en varios puntos de la plaza. Por lo que podía ver, los tiradores del lado más lejano tenían tatuajes en el cuello, todos del mismo tamaño, lo que los señalaba como hombres de Salazar. Me imaginé que los que estaban más cerca de mí eran los matones de Morales.

Había seis sillas alrededor de la mesa, tres de cada lado. Un hombre, astutamente parecido en tamaño y color a Morales, pero que definitivamente no era él, estaba a unos pocos metros de la mesa, hablando con otros dos hombres a los que no reconocí.

Un hombre más joven, de pelo oscuro y con gafas estaba de brazos cruzados, solo, en el lado opuesto de la mesa, frente al "doble" de Morales. Salazar y Díaz no se veían por ninguna parte.

El falso Morales se dirigió al hombre más joven.

—¿Dónde está tu padre? —miró su reloj—. Están atrasados.

El hombre con gafas se encogió de hombros. —Van a estar aquí cuando estén aquí. Mi padre no es un hombre de andar a las apuradas.

El impostor frunció el ceño y murmuró algo a sus compañeros.

En ese momento, sentí una mano que se cerró sobre mi boca, mientras otra mano me tomó del brazo. El grito murió en mi garganta y me paralicé, temerosa de llamar la atención y temerosa de luchar, porque no sabía si tenían un arma. La persona que me tenía aflojó la mano y me di vuelta.

Apenas reconocible, con pintura de camuflaje, Quinn me soltó la boca y se llevó un dedo a los labios. Exhalé aliviada y me llevó hacia las sombras.

—Es una trampa —susurré, cuando estuvimos más alejados de la plaza—. Morales sabe que no eres de ningún cártel. Va a matar a todos aquí.

Quinn asintió, digiriendo la información. —Eso significa que alguien... Se detuvo.

—Fue Blondie, Quinn. Está muerto.

Movió la mandíbula, pero no dijo nada.

—¿Oíste lo que dije? —pregunté. Se lo tomaba demasiado bien. Nadie podía ser tan frío.

Me sostuvo la mirada. —Sí. Te oí.

—¿Y? —su aparente falta de preocupación me molestaba. ¿No eran amigos? ¿Era así su manera de reaccionar ante un traidor? Entonces, me di cuenta—. ¿Lo sabías?

—Después del raid de Morales. Lo sospechaba, sí.

Hizo una pausa y se tocó el oído con el dedo; tenía un diminuto radio transmisor en el oído.

Por eso me había rastreado tan fácilmente. Conociendo a Quinn, tenía hombres en el frente y a los costados del sitio, todos conectados, probablemente usando las torres de señal de los cárteles.

—Lo saben. Pasen al plan C. Cuiden sus espaldas —volvió a tocar el transmisor y se dirigió hacia mí—. ¿Alguien te vio irte?

—No, a menos que los guardias muertos cuenten. Jesús me ayudó a escapar.

—¿Por qué no vino él en vez de ti?

—Le dispararon.

—¿Muerto?

—No, al menos cuando me fui, no.

Quinn se quedó en silencio. Me lo imaginé reconsiderando su estrategia, agregando y quitando posibilidades a su plan y, me imaginaba, analizando cómo hacer para que sus hombres volvieran ilesos al campamento.

—Quiero que estés en un lugar seguro cuando empiece el infierno —dijo.

—¿Por qué no abortan? ¿Estás pensando en seguir adelante con esto?

—Tal vez nunca tengamos a todos los jugadores juntos en el mismo lugar. Quiero sacar ventaja de la situación. Luego nos ocuparemos de Morales.

—Entonces, arriesgar mi vida para venir hasta aquí a alertarte no sirvió de nada.

—Sí sirvió. El plan ha cambiado. Vamos a estar mejor preparados —hizo un rápido análisis de los alrededores—. Sígueme. —Quinn se fue, proyectando su sombra en la parte posterior de las ruinas. Yo lo seguí.

Se detuvo cuando llegamos a la parte trasera de la pirámide.

—Permanece fuera de la vista hasta que venga por ti. ¿Ves el área de allí, en las sombras? —señaló una sección con una pared cuyo interior estaba en la más completa oscuridad, cerca de la base de la pirámide.

—Sí.

—Espera allí hasta que venga a buscarte —vio el bulto

debajo de mi remera, de donde salía el puño de mi arma—. ¿Tienes balas?

Asentí.

—Cuando me acerque, usaré la palabra *Beyoncé*, así sabrás que soy yo.

—Buena elección.

—Ten cuidado. —Y se fue.

—Tú también —dije al aire.

Me acerqué al lugar, pero cambié de idea sobre no saber lo que sucedía a mi alrededor. Aunque estaría escondida, también estaría ciega. Cuanto más supiera, mejor me podría proteger y ofrecer ayuda, en caso necesario.

Fui por el costado de la pirámide hasta que tuve una buena visión de la plaza, cuidadosa de que no me vieran.

Parecía que habían llegado todos. Los jugadores principales estaban en la mesa, tres de cada lado. Salazar se inclinó hacia adelante, escuchando al hombre que tenía sentado frente a él. Otro hombre más viejo, con canas y barba candado, probablemente Leonardo Díaz, estaba sentado junto a Salazar. El hijo de Díaz estaba a su izquierda. Detrás de ellos, hombres armados.

Los hombres de Morales estaban en fila del otro lado de la mesa, frente a Salazar y Díaz. Ellos también tenían hombres armados detrás de ellos. El falso Morales gesticulaba mientras hablaba. Salazar no dejaba de mirar a izquierda y derecha, como nervioso. Díaz parecía aburrido, como que tenía cosas más importantes que hacer. La forma de la plaza y la manera en que estaban situados los edificios antiguos creaban un efecto de sonido que hacía que sus voces permanecieran un rato en el aire.

—Como ven, caballeros, todo está escrito en este documento que tenemos aquí, firmado por mí y por mis dos lugartenientes. Solo se necesitan sus firmas y el acuerdo se convertirá en ley para ambos bandos —dijo el falso Morales.

Salazar se levantó de la silla, con una mueca oscura en la cara. A primera vista, parecía que había engordado un poco, pero me di cuenta de que llevaba un chaleco a prueba de balas.

—¿Dónde está la mujer? —preguntó—. Ella es parte del trato y no la veo.

Salazar hizo una especie de show, mirando a todos lados. Luego se volvió al otro hombre, con las cejas levantadas—. Me prometiste que la traerías aquí. No firmaré hasta que cumplas tu parte del trato.

El falso Morales empezó a protestar, pero Díaz levantó la mano y se quedó callado.

—Roberto tiene razón. Es cierto que la entrega de la mujer es una parte mínima del trato. Pero, ¿cómo podemos pensar que el trato es sólido si un mínimo requisito no se cumple?

—Has visto la fotografía; la tenemos. —El falso Morales señaló un documento frente a él.

Salazar sacudió la cabeza. —Repito: no voy a firmar hasta que no vea a la puta estadounidense.

El impostor suspiró y se puso de pie. Debe haber sido una señal, porque los hombres de Morales tomaron sus armas. Salazar buscó la suya y el hijo de Díaz se puso de pie de un salto. Díaz no tuvo tiempo: el tiroteo explotó a ambos lados de la mesa, y le dieron varias veces en el pecho y en la cabeza. Salazar se escabulló debajo de la mesa mientras sus guardaespaldas devolvían el fuego. Más hombres armados surgieron de las sombras y tomaron la plaza.

Con el corazón en la boca, corrí por el costado de la ruina, hacia el área cerrada que me indicara Quinn. Un movimiento súbito a la derecha me llamó la atención y me paralicé. Un hombre que no reconocí con un fusil AK-47 corrió por el lugar donde iba a esconderme. Me quedé sin aire y no me moví hasta que pasó; por suerte él iba concentrado en el caos de la plaza.

Con pánico, miré el lado inclinado de la pirámide y contuve

el aliento. *Mierda*. De unos veinte metros de alto, esperar a que la batalla terminara desde arriba era mejor que quedarse en el piso, pero corría el riesgo de quedar expuesta mientras subía.

Los matones en la plaza iban a estar concentrados en el tiroteo, y, realmente, no tenía muchas opciones.

Me decidí. Trepé al primer escalón; luego al segundo. La distancia de un escalón a otro era el doble que en los edificios modernos, y se hacía difícil trepar.

Oí un ruido en la jungla detrás de mí y giré en el lugar, estirando la mano hacia el arma. Miré en la oscuridad, buscando, con el corazón que me latía en los oídos, pero nada se movió.

Basta de ser tan cobarde, Kate. Puedes hacerlo.

Me volví a la pirámide, determinada a llegar a la cima. Tenía los ojos fijos en los escalones, una mano primero, después la otra. No miraba hacia abajo.

Cuando llegué al último escalón, estaba sin aliento, por la adrenalina y por la trepada. La iluminación de abajo no llegaba a la cúspide de la pirámide; si nadie me había visto subir, estaría segura.

Una estructura rectangular ocupaba un tercio de la plataforma de la pirámide. Avancé gateando por las paredes hasta el frente, hasta que llegué a una entrada abierta que llevaba a una habitación pequeña. Para mi alivio, ni Morales ni Díaz habían decidido usar el lugar como mirador. Tácticamente, no hubiera funcionado tan bien como las otras ruinas que rodeaban el sitio. Las ramas provenientes de un árbol antiguo obstruían parcialmente la vista de la plaza.

Un mínimo rayo de luna iluminó la entrada, y vi un banco en el medio de la habitación. Caminé al interior y me trastabillé en el umbral, pero me sostuve antes de caer. El banco y el dintel habían sido tallados con una boca abierta con una fila de dientes afilados tanto abajo como arriba de la entrada, con los caninos intactos. Me acerqué al banco y pasé la mano por la suave piedra. Un extremo había sido tallado con la forma de una cabeza de felino con dos orejas puntiagudas, como un jaguar. Un par de piedras oscuras hacían de ojos. Había otra que parecía una cola.

La continua ola de disparos me dijo que los cárteles no habían terminado. Demasiado nerviosa para sentarme, me puse de pie y empecé a caminar por la habitación. Cada tanto me acercaba a la entrada y escuchaba a los dos grupos que intentaban exterminarse mutuamente. Me preguntaba si los hombres de Quinn ya estaban metidos en la lucha, y esperaba que no. Por lo menos, ahora sabían del plan de Morales.

Dejé la habitación y caminé al borde de la plataforma. La altura del templo era engañosa vista desde abajo. La vista desde la cima era increíble. Era mucho más alto de lo que calculaba. Me dio vértigo y me senté.

Sentí piedritas que se movieron por detrás de mí. Me di vuelta, esperando ver a Quinn o uno de sus hombres, pero me detuve en seco cuando sentí algo duro en la sien.

—No te muevas.

Me paralicé al oír la voz de Salazar. El temor se apoderó de mí.

—Ahora, ¿por qué Morales te dejaría ir? A menos que los dos estén trabajando juntos —me apoyó el arma fuerte contra la cabeza—. Cuando te vi trepar la pirámide, me di cuenta de que todo fue un ardid para destruir a Díaz y a *El Castillo*. Había tenido dudas sobre el encuentro, pero Leonardo insistió que era algo razonable. Ya no hay reglas en este negocio —dijo, suspirando—. Ahora entiendo por qué Anaya decidió irse. —Me tomó del brazo y me dio vuelta para que lo enfrentara.

Contraje los músculos del estómago y me incliné hacia adelante mientras me di vuelta, con la esperanza de que la remera me escondiera la Sig. Entrecerró los ojos y dio un paso atrás. El brazo derecho le colgaba y se veía una mancha oscura en la manga.

—Pon el arma en el piso y patéala hacia mí —ordenó.

Mi mente volaba para encontrar una manera de usar la Sig antes de que matara. Tomé el arma; él me miraba mientras yo me incliné a ponerla sobre el piso.

—No lo intentes, Kate. Estarás muerta antes de que vuelvas a respirar.

Dudé un poco pero pateé el arma hacia él. *Haz que siga hablando.* —Pensé que querías que te pagara lo que me llevé. No creo que con matarme sea suficiente.

—Fue idea de Anaya, es cierto. Como sabemos, eres demasiado taimada. Creo que finalmente encontrarías la manera de escapar. Por eso, mi plan para ti ha cambiado —me miró con una expresión inescrutable—. Te amé, te di todo, y retribuiste mi bondad con tu traición. Muchas noches me imaginé este momento. En mi fantasía, me implorabas para que te perdonara —me señaló el piso con el arma—. De rodillas. Implora mi perdón y arrástrate hacia mí.

—No. —La voz me salió de algún lugar adentro de mí. En ese momento, me consideré muerta.

La cara de Salazar se oscureció. Con una respiración pesada, dio un paso más cerca. Le temblaba el arma por la ira evidente que sentía.

—De rodillas, puta. —Sus palabras eran como balas.

Las rodillas me temblaban; luchaba contra el miedo, pero me mantuve firme. Intenté tragar pero solo pude aclarar la garganta. Una claridad fría y firme me invadió la mente. Si iba a morir, al menos podía controlar cómo. No iba a ser más la víctima de mi pasado.

—Nunca —dije, con toda la convicción que pude juntar—. Te va a llegar la hora. No sé cómo ni cuándo, pero espero que tu muerte sea tan cruel y despiadada como tú.

Con los ojos desorbitados, Salazar dio otro paso, profiriendo obscenidades como un caño de drenaje roto. Yo lo había visto ciego de furia una vez, cuando fue vencido en un concurso de tiro por un subalterno. Entonces, había cometido el error crucial de perder el control. Su precisión se vio afectada y le permitió al subalterno escapar con vida.

Se acercó y yo levanté la mano de un golpe y desvié el arma al costado, que se disparó. Con zumbidos en los oídos, salté adelante y lo golpeé en la tráquea. Se tambaleó hacia atrás, dejó caer el arma y se tocó la garganta. Yo tomé el arma, di un paso atrás y apunté.

Apunta a la cabeza, Kate.

Sus ojos pasaban de mí al arma en mi mano, mientras luchaba por respirar. Fue hacia atrás, buscando la Sig que yo había pateado hacia él. Estaba detrás de él, cerca del borde de la pirámide.

—No te muevas.

—No puedes matarme —dijo—. ¿Recuerdas el campo?

Debió darse cuenta de mi fallido intento de dispararle cuando pasó manejando junto a mí en el campo de agave. *No dejes que te atrape. Eres una persona diferente de la que eras.*

¿Tenía razón? Había sido capaz de matar a Blondie, pero mi vida estaba en peligro. Ahora que tenía el control y él estaba desarmado, dudaba.

Como si me leyera la mente, dijo: —No matarías a un hombre desarmado.

—Supongo que lo descubriremos, ¿no? —Las palabras no sonaron tan amenazantes como era mi intención—. De paso, oí cómo Sterling te traicionó bien rápido —dije, tratando de distraerlo, mientras me movía para acercarme a la Sig—. No obtienes mucha lealtad que digamos, ¿no, Roberto?

Salazar hizo una mueca. —La tortura puede no ser confiable.

Me miró para ver mi reacción, pero yo no iba a dejar que me llevara a recordar lo que había pasado once años atrás. Mi miedo estaba anclado a los eventos actuales.

—Especialmente cuando tu idea de persuasión implica decapitación, ¿no? Un poco difícil tener una conversación cuando tu cabeza no está ligada al cuerpo. —Los recuerdos de Eduardo, el hombre que me había ayudado a escapar de Salazar años antes, me asaltaron. Otra persona que había perdido la vida por mí.

Por Salazar.

—Ah. Veo que todavía sientes pena por Eduardo —dijo, con un murmullo.

Se ve que no lo había golpeado lo suficientemente fuerte.

—Eduardo no merecía morir. Me ayudó porque sabía que me ibas a matar si no me ayudaba.

Salazar dio un paso hacia mí, pero se detuvo porque yo reposicioné el arma. Entrecerró los ojos.

—Te digo qué —luchó por respirar—. Te sugiero una tregua. El pasado, pisado. Baja el arma y nunca me volverás a ver.

Me habría reído si no hubiera sentido tanto miedo. —Oírte decir eso es como pedirle a una serpiente de cascabel que no te muerda. ¿Te crees que soy estúpida?

Mátalo ahora, Kate.

—No tengo arma. —Levantó su brazo izquierdo y se dio vuelta.

Nerviosa, me puse en posición y tomé el arma con las dos manos, con miedo a paralizarme otra vez. —Ponte de frente. — Nunca había matado a una persona desarmada antes.

Es Salazar. No puedes considerarlo una persona.

Sin previo aviso, giró, buscando algo con la mano izquierda, algo detrás de la espalda. Un arma brilló bajo la luz de la luna.

Disparé dos veces. Una bala falló; la otra, le dio debajo del chaleco.

Exhaló haciendo el ruido del aire que se escapa de un globo; los ojos abiertos, sorprendido. Con la mano contra la herida llena de sangre, se tambaleó hacia atrás, deteniéndose justo junto al borde.

Sin dudarlo, avancé hacia él, recordando a Sam, a Cole, a Oggie y a Eduardo. Ellos me dieron coraje, y disparé una vez más. La bala hizo un hoyo perfecto arriba de su ojo derecho. La cabeza le cayó hacia atrás y se tambaleó. Esta vez, el pie quedó en el aire.

Y cayó.

ABRÍ Y CERRÉ los ojos varias veces, todavía con el arma en la misma posición que cuando disparé, incapaz de procesar lo que acababa de pasar. Cuando mi cerebro finalmente volvió a funcionar, fui hasta el lugar donde Salazar había estado unos minutos antes, y espié por el borde.

Había caído boca arriba, unos treinta metros más abajo, con los brazos y piernas hacia afuera, como si fuera un muñeco roto, con el cuello doblado en un ángulo extraño. Aturdida, me senté en el suelo, por temor a que me fallaran las rodillas.

La incredulidad se estaba haciendo una fiesta conmigo, con la posibilidad de que tal vez estaba alucinando; me acerqué al borde de la pirámide para volver a mirar.

Todavía estaba allí.

Me volví a sentar, atontada, tomé su arma y me quedé mirando a la nada. Cada tanto oía el ruido de disparos que provenían de la plaza, y eso de alguna manera llegó a mi consciencia, y volví a la realidad. Me puse de pie, tomé la Sig, que estaba en el suelo, y corrí hacia las escaleras en la parte posterior de la pirámide.

Demasiado inclinada.

Inhalé profundo y decidí concentrarme en el escalón siguiente en vez de mirar toda la escalera; así, llegué a la base sin caerme. Tenía que cerciorarme de que el hijo de puta estaba muerto. Si uno no verifica si alguien está vivo o muerto, puede volver por ti.

No volvería a cometer el mismo error dos veces.

Él había caído del lado más alejado de la pirámide, por eso nadie en la plaza lo había visto caer, lo que quería decir que tampoco me verían a mí ahora. Caminé hasta el cuerpo.

Parecía muerto, sí. Me incliné y puse el dedo sobre la carótida.

Nada de pulso. Sí, estaba muerto.

Me incorporé. Los disparos no se oían tan fuertes. Sabía que tenía que preocuparme, encontrar un lugar para esconderme, pero alguien me había puesto el botón de pausa, y el tiempo no se movía para mí.

¿Cómo podía estar muerto Roberto Salazar? Había sido parte de mi vida por tanto tiempo que nunca me había permitido pensar que algún día podía desaparecer o morir. Cuando planeas tu vida alrededor de alguien más, ya sea porque vives con ellos o porque quieren matarte, cuando ya no están más, el resultado es el mismo: *tienes que adaptarte*.

Por su culpa había muerto tanta gente... Y todo por el estúpido error que cometí años atrás. Me sorprendía que no sentía ninguna emoción por su muerte: alegría, dolor, cierre, algo. Muerto, se parecía a cualquier otro hombre; ya no era el monstruo de sangre fría del que había estado huyendo durante diez años.

Confundida por mi reacción, me di vuelta. Un aspecto desconocido de mí misma había tomado las riendas y lo había matado. No sabía si me gustaba esa parte de mí ni si la quería volver a ver.

Así todo, era reconfortante saber que ella estaba ahí.

Perdida, dejé el cuerpo donde estaba y fui hacia el otro lado de la pirámide, sin saber qué hacer. La desorientación tiende a ser un estado de la mente de poca ayuda, sobre todo cuando una está rodeada por miembros de los cárteles que se están matando entre ellos. Una rama hizo ruido y miré, sorprendida de ver a Quinn que venía hacia mí.

—¿Qué pasó? Lalo dijo que trepaste por la pirámide.

—Salazar está muerto —respondí como al pasar.

Quinn miró por detrás de mí y dijo: —¿Dónde?

Señalé hacia donde estaba el cuerpo. —Del otro lado.

—Quédate aquí —dijo, y desapareció en las sombras.

Vuelve a la realidad, Kate. Todavía estás en peligro. Mi mente vagaba hacia la desconocida Kate que disparó a Salazar sin ninguna emoción, y buscaba explicaciones en mi mente.

No tenía ninguna.

Unos minutos después, Quinn volvió, con la mano en el oído.

—Afirmativo. Está muerto. Fuera —me miró—. ¿Tú lo baleaste?

—Sí, menos una bala en el brazo.

Quinn me estudió por un momento, liberó el cargador de su arma y lo reemplazó con otro.

—¿Y ahora qué? —pregunté, haciendo lo mismo.

—Díaz y Salazar estarán muertos, pero estos tipos van a seguir peleando hasta que no quede nadie. Especialmente, porque parece que el hijo de Díaz escapó con vida.

—¿Te vas a quedar a ayudar aquí?

Asintió. —Tenemos que seguir.

Debí lucir para la mierda, porque me miró y preguntó: —¿Estás bien?

—Mejor que nunca. —Le sonreí. Un ligero temblor en una mano me indicó que la adrenalina se estaba agotando.

No pareció convencido, pero decidió dejarlo pasar. —Buen trabajo hoy, Kate. Me refiero a lo de One Shot.

—Gracias. —Perder a un amigo, por más que no fuera lo que pensabas, es difícil. Para un hombre como Quinn, que tenía tan pocos, yo suponía que debía ser más difícil todavía.

Señaló un sendero apenas distinguible a nuestra izquierda. —Te guiaré. Ten tu arma en mano. Cuenta hasta cinco y luego sígueme.

Con un rápido escaneo por los alrededores, Quinn salió a un claro, hacia el sendero.

—Uno, dos, tres... —El cuatro murió en mi garganta cuando vi movimiento a la derecha de Quinn. Un hombre armado salió de las sombras. Yo apenas había levantado la Sig apuntándole cuando Quinn giró de golpe y lo volteó con su pistola.

Me aseguré de que el hombre no estuviera acompañado y corrí para seguir a Quinn. Él se inclinó junto al cuerpo y lo dio vuelta para quitarle el arma. Las manos me temblaban, pero sentí alivio al ver que no conocía al muerto.

Quinn y yo nos dimos vuelta ante el sonido de estática de radio que venía del sendero, más adentro. Golpeó el transmisor del oído.

—Lalo. ¿Qué sucede? —preguntó, con voz tensa. Con expresión sombría, se puso el arma del hombre muerto en la cintura. Luego me miró. —Tenemos que irnos, ahora.

Corrimos hacia las sombras del observatorio, un lugar más seguro. En ese momento, un ejército de hombres apareció por la jungla, armados, yendo hacia la plaza. No nos habían visto.

—El segundo batallón de Morales —murmuró, con los dientes apretados—. Ven conmigo.

Nos deslizamos por las sombras, pasamos los vehículos SUV y nos metimos en la jungla. Me paralicé cuando vi otra persona a nuestra izquierda, pero Quinn sacudió la cabeza y yo bajé el arma.

—Es uno de los nuestros —dijo.

El otro hombre se acercó y vi que era Héctor. Quinn le hizo señas para que se acercara.

—Héctor, necesito que lleves a Kate de vuelta al campamento. Según Lalo, el camino a la autopista está despejado si te mantienes alejado del camino principal. Morales bloqueó la salida, así que tendrás que cortar camino por la jungla. Ve al primer punto de encuentro.

—Copiado —contestó Héctor.

Quinn se golpeó en el micrófono. —¿Lalo? Tenemos que reagruparnos y cerrar la red. Pasa al plan F.

Héctor se metió en las sombras. Yo me di vuelta para seguirlo. Cuando miré para atrás, Quinn ya había desaparecido.

AL DÍA SIGUIENTE, FUI HACIA LA CARPA DE QUINN. PASCAL HABÍA estado monitoreando el ataque desde la radio del campamento, y me dijo que todos habían vuelto hacía varias horas. El alivio que sentí al saber que Quinn y sus hombres estaban a salvo se equiparaba al del alivio por la muerte de Salazar.

La cortina de entrada estaba abierta, y Quinn y sus dos perros estaban adentro. Dudé en la puerta, esperando a que me invitara a entrar. Me vio y me hizo señas para que entrara.

—Siéntate.

—Gracias —me senté. Aries y Artemisa se me acercaron mendigando mimos—. Pascal dice que todos volvieron a salvo.

Quinn asintió. —Sí. Todos. Según los informes que llegaron temprano acabamos con una gran parte de los soldados de Morales, pero Morales está vivo y estoy seguro de que se va a reagrupar. Díaz está muerto, lo mismo que tu amiguito Salazar y los hombres que venían con ellos. No creo que pase mucho tiempo antes de que el hijo de Díaz vengue la muerte de su padre. Siempre lo hacen, de una manera u otra —suspiró—. Estaremos listos para ellos.

—Tienes un montón de trabajo por hacer. No te envidio.

—Parece que te has decidido —dijo Quinn, observándome.

Bajé la mirada y me dediqué a acariciar a los perros. —No; todavía no. Necesito tiempo para pensar, lejos de aquí, de tus hombres; de ti —agregué, con la vista clavada en Aries.

—Entiendo.

Miré hacia arriba y percibí una mínima emoción en sus ojos antes de que volviera la máscara. Les di un último mimo a los perros y me puse de pie para irme.

—Gracias, Quinn. Por todo.

—No te pierdas de vista, Kate. Haznos saber lo que decidas.

—Lo haré.

LA BRISA AGOBIANTE que venía del océano anunciaba una tormenta tropical. Aunque en la costa no hacía tanto calor como tierra adentro, se hacía sentir, y mi energía funcionaba como en cámara lenta. Bebí mi margarita a la sombra de una palapa y jugué con el papel que envolvía mi sorbete, atándolo y desatándolo en mi dedo, pensando en lo que haría.

Le sonreí a Pascal, que volvió del bar con un par de platos con frutas y otra cerveza para él. Puso todo sobre la mesa y se sentó frente a mí.

—Gracias —dije, pinchando un trocito de mango con el tenedor. Me recosté en la silla, relajándome por primera vez en no sé cuánto tiempo. Me estaba mimando con un par de días en un resort de la Riviera Maya para descansar y darme tiempo para analizar mis opciones; todo regalo de Quinn y sus hombres. —Entonces, ¿Quinn no va a venir?

Pascal tomó un largo sorbo de su cerveza y sacudió la cabeza. —Dijo que te diga que lo que sea que decidas, tienes que saber que siempre estará dispuesto a recibirte. También que te diga que cumplió su promesa.

—¿Su promesa?

—El rumor sobre tu muerte.

Sonreí. Un poquito de información errónea ayudaría bastante para mi seguridad, especialmente con Angie y Vincent Anaya sueltos por ahí.

—Agradécele de mi parte.

La mirada calma de Pascal se agitó un poco. —Entonces, no vas a volver, ¿no?

Dibujé unos círculos con el dedo sobre la mesa. —No puedo. Por mucho que aprecie la oferta, ahora que no está Salazar tengo que ver quién soy. Durante once años viví pensando que él estaba siempre acechando, en las sombras, esperando el momento oportuno para golpear. Ahora que no está más, quiero...necesito adaptarme a mi nueva realidad. No quiero que esa realidad gire en torno a muertes. Ya he tenido suficiente de eso.

—¿Vas a volver a Arizona?

—No lo sé —mi humor bajó en picada ante la posibilidad de no volver a ver a Cole. ¿Cómo podía volver con él o sus hijas después de lo que pasó? No solo los había puesto en peligro, sino que desde que estaba en México, había dado un giro de ciento ochenta grados, transformándome de víctima en victimario, aunque la victoria me había dejado vacía y sin rumbo. Ya no era la antigua Kate. No tenía idea de lo que la nueva Kate quería de la vida y no sería justa con él si volviera a intentar empezar de nuevo; sobre todo ahora que él no se acordaba de mí. Tomé otro sorbo de mi bebida, con la intención de reprimir los recuerdos.

Pascal me observó con interés. —Creo que te falta recorrer muchos kilómetros antes de que puedas descansar. ¿Se fueron los espíritus?

—Pensé que tú me lo dirías.

Pascal cerró los ojos y respiró profundo, exhalando muy

lentamente. Esperé con paciencia mientras él hacía lo suyo. Yo comí un pedacito de ananá. Me preguntaba si la maldición o lo que fuera que me había estado siguiendo habría por fin decidido empacar e ir a atormentar a otro. Acaricié los bordes de la figurina del jaguar, que ahora colgaba de mi cuello, en una cadena de plata. Esperaba que sí.

Un par de sorbos de margarita más y Pascal abrió los ojos.

—¿Y? ¿Se fueron?

Se encogió de hombros. —¿Importa?

Me incliné hacia él. —Sí que importa, mierda. ¿Me estás diciendo que no se fueron? Tienen que haberse ido. Salazar está muerto. —El viejo chamán de Sonora había dicho que perdería todo antes de que los malos espíritus desaparecieran. ¿No había perdido todo, ya?

—Los espíritus indican que Salazar no es el único asociado con tu desgracia. Pero —Pascal me miró el collar con el jaguar —, tienes ayuda. Ya no estarás más sola en esta lucha.

Me recosté en la silla. Seguro que se refería a Vincent Anaya. Yo pensaba que Anaya perdería interés en mí una vez muerto Salazar. Se me ocurrió otra cosa y el corazón se me estrujó.

—¿Te refieres a que hay *más* aparte de los asociados con Anaya?

¿De dónde mierda sacaba estas cosas estúpidas? Parecía que había una liquidación de malos espíritus y yo me había comprado todos.

La mirada de Pascal se hizo más intensa. —El cazado se convierte en cazador, y gana aliados y enemigos a medida que ella se mueve por la vida.

Su expresión se suavizó y puso una mano sobre la mía. —No te sientas mal, Kate. No cualquiera es elegido para seguir este sendero. Si fuera tú, me sentiría honrada.

Bueno, ese sí que era un pensamiento deprimente. —¿Honrada porque soy como un imán para la mierda? No lo creo,

Pascal. —Bebí el resto de la margarita y le hice señas al mozo para que me trajera otra.

Iba a necesitar muchas margaritas más para sentirme mejor. Por lo menos, implicaría un acto de desaparición. Tal vez, podría adelantarme a esos desgraciados.

—¿Has sabido algo sobre Jesús? —Esperaba que se hubiera recuperado. Cuando lo dejé en el campamente de Morales, no se veía bien.

Pascal se puso serio. —Todavía no. Quinn está trabajando con otro informante del campamento de Morales, así que esperamos tener noticias pronto. Parece que la idea de Morales de usar a sus propios hombres como carnada no salió bien.

—Me lo imagino. Me lo harás saber, ¿no?

—Por supuesto.

Un plan comenzó a formarse en mi mente. Iba a necesitar dinero, mucho dinero, si pensaba desaparecer con éxito. Sonora no era tan fea en esta época del año, al menos, todavía no. Lo que me mata es la humedad.

Pascal sonrió. —Tu cara me dice que sabes a dónde irás.

Suspiré y levanté el vaso para brindar.

Iba a tener que trabajar en eso.

ACERCA DEL AUTOR

D.V. Berkom es una esclava de las voces en su cabeza. Autora primera en ventas de las dos series ganadoras de premios (Leine Basso y Kate Jones), su amor por crear personajes femeninos resilientes y de mucho carácter proviene de una adicción temprana por la lectura de novelas de espías, de misterio y de thrillers, siempre a la búsqueda de encontrar el equivalente femenino en esas páginas.

Creció en la región suroeste y central de los Estados Unidos, y ganó un BA en ciencias políticas de la Universidad de Minnesota. Pronto se mudó a México a vivir en un barco. Muchos años después, escribió su primera novela. El thriller de aventura de Kate Jones, *Malos espíritus (Bad Spirits)*, se publicó por primera vez en 2010 como una serie en línea, y ganó popularidad en seguida entre los fanáticos de Kindle y de Nook. Le siguieron *Dead of Winter, Death Rites* y *Touring for Death*, y luego empezó la serie del thriller de la protagonista Leine Basso en 2012, con *Serial Date*.

Para saber más, visiten su sitio web: https://www. dvberkom.com